ハヤカワ
時代ミステリ文庫
〈JA1436〉

寄り添い花火
薫と芽衣の事件帖

倉本由布

早川書房

8528

目次

寄り添い花火

薫と芽衣の事件帖

登場人物

薫……………………………………札差・森野屋に引き取られた娘。
内藤三四郎の岡っ引き
芽衣……………………………………薫の下っ引き。三四郎の妹
内藤三四郎……………………………同心見習い
内藤文太郎……………………………北町奉行所定町廻り同心
久世伊織………………………………同心見習い
美弥……………………………………森野屋のお内儀
百代……………………………………美弥の娘
雪太郎…………………………………札差・和泉屋の跡取り
お絹……………………………………雪太郎の女房
卯之吉…………………………………料理茶屋・鞠屋の跡取り
菊助……………………………………魚屋の息子
お蘭……………………………………料理人の娘
祥太郎…………………………………木綿問屋・結城屋の長男
仙次郎…………………………………結城屋の次男
お珠……………………………………仙次郎の女房
志保……………………………………薫の母親。万屋・祝屋の主
お千加…………………………………祝屋の馴染み客
歌川角斎………………………………絵師

第一話　御米蔵の殺人

一

薫《かおる》が神田須田町《すだちょう》の番屋に顔を出すと、畳の間の隅に、芽衣《めい》がちょこんと座っていた。

「あ、薫さん」

芽衣の膝の上では、赤ん坊が眠っている。路考茶《ろこうちゃ》の振袖に包《くる》まれ、小さな顔だけが見える。寝息も聞こえず、生きているのかと心配になるほどに静かだ。

と思ったそのとき、赤ん坊が目を開けた。まるで薫が来たのに気づいたかのようだった。

「ふぇ、ふぇえーん……」

と、か弱い泣き声を上げる。

「あらあら、どうしたの。薫さんはやさしいお姉さんですよ。大丈夫」

芽衣は、甘くとろけそうな目で見つめながら赤ん坊をやさしく揺らした。

薫が隣に腰を下ろすと、芽衣は、抱えた赤ん坊を少しだけ抱き上げて薫に見せた。

「可愛いでしょう。たぶん、まだ生まれて間もない子だと思います」

赤ん坊の顔は、薫のてのひらよりも小さい。可愛い、と言われても、丸くて真っ白な磁器に目鼻を描いた人形のようにしか見えなくて、よくわからない。

この子を抱いて微笑む芽衣のほうが、よほど可愛いと薫は思う。

痩せっぽちで不愛想な薫と違い、芽衣は、体つきも笑い方もちょっとした仕草も、すべてがふわり、ゆるりと丸くて可愛らしい。

「芽衣が捨て子を見つけたから、すぐに行って、その子の身元を調べてこい——三四郎《さんしろう》にそう言われた」

内藤三四郎は、芽衣の兄だ。

芽衣の家は代々、北町奉行所の定町廻《じょうまちまわ》り同心の役に就いている。江戸の町を巡回して歩き、何か事件が起これば探索に当たるのが仕事だ。芽衣の父・文太郎《ぶんたろう》は、まだ引退など夢にも考えられないほど元気に毎日、飛び回っており、三四郎はその後をついて歩く見習いの身分である。

「でも薫さん、ご機嫌ななめですよね」

芽衣は上目遣いに薫の顔を見、いたずらっぽく笑った。

「……別に」

「父上と兄上は今、別の大きな、解決し甲斐のある事件の現場に向かっている。それなのに薫さんは、こちらに回されてしまった」

「違う」

薫は、きっぱりと否定した。

「捨て子を拾った芽衣が困っていると聞いたから、あたしはこっちに来たんだ」

真っすぐに芽衣を見る。薫は、不機嫌になっていた。あのときから、薫にとって何よりの一番は芽衣だ。そんなこと、誰よりも芽衣が一番よく知っているはずなのに。

すると芽衣は、嬉しげに微笑む。

「お手伝いのし甲斐のありそうな事件よりも、私――ですか?」

小さな花のつぼみが、ひそやかにほころぶような愛らしさ。

「当たり前だよ」

芽衣が可愛いと、薫は嬉しい。だから、機嫌はすぐに直ってしまった。

「で、この子はどこに捨てられていたの」

薫が訊ねると、芽衣はまず、ふふっと笑う。

「私が薫さんから取り調べを受けるなんて面白いですね。いつもは私も、一緒に話を聞く側なのに」

「いいから答えなさい」

「えーと、この子は、すぐそこの裏長屋の、小間物売り夫婦の家の前にいました」

「どうして芽衣がこの子を見つけるようなことになったの」

「小間物売り夫婦のおかみさんに、仕立てのお仕事をお願いしてあったんです。近くに来る用事があったものですから、ついでに仕上がったものをいただきに来て」

そして芽衣は、赤ん坊を見つけたのだ。赤ん坊は、裸を振袖に包まれただけで地に置き去りにされていた。

「ちょっと待って」

薫は眉をひそめた。

「長屋に捨てられていたのなら、大家が面倒をみるのが筋。なぜ、八丁堀に話がいくの」

大家と店子は親子も同然、などとよく言うが、実際、長屋で起こる出来事すべてについて大家の持つ責任は重い。捨て子があったときももちろんで、長屋に捨てられていた子は大家が育てるよう定められている。つまり、町内でおさめる話で、町奉行所の役人が口を出すことではないはずなのだ。

　ところが芽衣は、赤ん坊をぎゅうっと抱きしめながら言う。

「この子、お母さんのお乳を求めて泣いていたんです。小さな小さな、か弱い声で」

　赤ん坊がまた目を開けて、薫を見た。なんとも頼りなげな、まなざしだ。

「幸い、もらい乳ができたからよかったけれど。きっとまた、おなかをすかせて泣くのよ。お母さん、お母さん――って」

　芽衣は、ひどく真剣な、しかも泣きそうな目をして薫を見据える。

「私、この子のお母さんを捜してあげたくて、兄上にお願いしたの。何があったのかはわからないけれど、母子の別れはいや。母子は一緒にいるべきです」

　芽衣が何を思っているのか、この赤ん坊の姿に何を重ねているのか、薫にはよくわかった。

　それは、五年前の薫の姿――。

　芽衣が、こうしていつも一心に薫を思いやってくれるのには、ありがたいと同時にむず痒いような照れくささもある。

　薫が、何を言おうか悩んで口を閉ざしたところへ、

「ああ、いらしてましたんですかい」

老人が、のんびりと顔を出した。

「お待たせしちまいましたね、お嬢さん。小間物屋の亭主が戻って来たもんで、お迎えに参りやしたよ」

「ありがとうございます。——あ、薫さん、こちらは今日のお当番で番屋に詰めていらっしゃる、歳三《としぞう》さんです」

番屋は、町内の者が日々、さまざまな雑務を行うために置かれている詰め所だ。何か事件が起きると、まずは番屋に話が持ち込まれ、そこから町奉行所に訴えが行くという仕組みである。

「どうも」

歳三という老人は、薫に頭を下げてみせた。

「こちらが噂の、岡っ引きの薫さん、ですか。なるほど、噂通りの別嬪《べっぴん》さんだ」

「でしょう？」

芽衣が自慢げに、鼻を上向けた。

「いいから、行くよ」

薫は立ち上がり、さっさと番屋を出る。芽衣も、あわてて後を追う。

芽衣は腕の中の赤ん坊をしっかりと抱きしめ、薫のあとをついて行った。

歳三に案内されながら、小間物売り夫婦の住む裏長屋へ向かい、表通りを歩いている。

薫は芽衣より頭ひとつ分、背が高い。痩せっぽちで無表情で、女性らしい丸みややわらかさはなく、微笑むことすら滅多にない。だが、とびきりの美人だ。

黒目勝ちで切れ長の目、きりっと引き締まった口許《くちもと》、背筋は常にすらりと伸びて、とにかく粋で美しい。こうして歩いているだけで、男も女も幾人もが薫に見惚れて振り返る。

芽衣は、赤ん坊をずっと抱っこしていた。今は、すやすやと気持ちよさそうに眠っている。赤ん坊とはいえ、日ごろ接しているわけではない芽衣には重くて、実は手がしびれてきた。

薫が、ふと芽衣を見下ろした。

「――ほら」

手を差し出している。

「その子。重いでしょ」

立ち止まり、芽衣の腕から赤ん坊を抱き上げた。

「ありがとう」

芽衣は微笑む。薫は不愛想だが、さりげなくやさしい。

薫は赤ん坊を自分の胸に抱き寄せて、頬を寄せ、何か小さな声で話しかけてから歩き出す。

「薫さん、赤子の扱いがお上手ですね」

「そうかな」

「ふふふ。ほうらね、赤ちゃん、このお姉さんは本当にやさしいでしょう？」

芽衣は赤ん坊に語りかける。

「あたしをやさしいなんて言うのは、芽衣だけだよ」

薫は真っすぐ前を向いて歩いているが、照れているのか、頬と耳がほんのりと赤い。

「それでいいの。薫さんのやさしさは、私だけが知っていればいいんですよ」

芽衣がやさしく言い、ふたりは、古着屋と髪結い床の間にある木戸をくぐっていった。

小間物売り夫婦の住まいは、木戸を入ってすぐの端にあった。

歳三が腰高障子《こしだかしょうじ》を叩くと、すぐに夫婦が顔を出した。三十前後の男と、それより少し若い女。夫婦は、薫と芽衣に頭を下げた。その角度までもが、ぴたりと一緒の動きで、なんだか笑えてくるほど仲がよさそうだ。

「あのう――」

　亭主のほうが、遠慮がちに薫を見ながら口を開いた。

「岡っ引きの方がいらっしゃると聞いていたんですが」

　すると芽衣が、おごそかに答える。

「この薫さんが、その岡っ引きです」

「はい？」

「薫さんは蔵前《くらまえ》の札差《ふださし》・森野屋さんのお嬢さんなのですが、私の兄の手先でもあるのです」

　芽衣は、自慢げに薫を紹介した。

「そして私は薫さんの下っ引き。私たちは十五歳の若輩者ではありますが、充分にお上のお役に立っているとの自信があります」

　夫婦はまた、まったく同時に目を見開く。

　札差のお嬢さんが岡っ引きで、八丁堀同心のお嬢さんがその下っ引き？

　信じられないというふうに、やはりぴたりと揃った動きで、薫と芽衣を見比べている。

「どうでもいいけど、この子はここに捨てられていたわけだよね」

　薫は、赤ん坊を芽衣に渡しながら訊ねた。

「はい、そうです。うちのが気づく前に、芽衣お嬢さんが見つけてくださったようですが」

芽衣が訪ねたとき、家には女房しかいなかった。とりあえず芽衣が番屋で赤ん坊の面倒をみて、三四郎に連絡が行き、薫が呼ばれ、女房と歳三が亭主をさがしに行き――と大騒ぎだったらしい。

「それだけじゃないんですよ、お乳をもらいにも行かなきゃならなかったし」

芽衣が、乳さがしにどれほど苦労したかと話し始めたのは無視し、薫は夫婦に訊ねた。

「何か心当たりはないのですか? たとえば、知り合いの子だとか」

「いいえ、まったく」

夫婦は同時に首を振った。

薫の頭には、一番安直な考えがまず浮かんでいた。亭主の隠し子ではないか。浮気相手が子どもを産んで、始末に困り、父親のもとに置いて行ったのでは?

浮気をするような男には見えないが、男も女も人は皆、ツラの皮を一枚はがせば、そこにあるのが見た目とおなじものとは限らない。

「芽衣、この子がいたのはどこ」

「ここです」

芽衣が示したのは、腰高障子の真ん前である。障子を開けて不用意に足を出せば、踏みつけてしまいそうな場所。

「ひどいでしょう。だから私、思うんですけどね、置き去りにしたのはお母さんではないのでは。あまりに配慮が足りないもの」

芽衣の言うことにも一理あるなと思いつつ、薫は周囲をじっくりと眺めまわした。

木戸をくぐってすぐの住まいに置いた、ということは、この夫婦を狙ったのではないのかもしれない。とにかく、さっと置いてさっさと逃げ出したという感じだろうか。

不審な痕跡は何もなかった。腰高障子にも、その上の庇《ひさし》にも、さらに上の屋根にもない。目を落とし、どぶ板にも地面にもないのを確認してから、薫は芽衣に言った。

「その子を見せて」

芽衣から渡された赤ん坊を、抱くというより持ち上げながら、薫は観察した。まずは顔を眺めてみたものの、立ったままでは充分に見られない。

「中に入れてもらってもいいかな」

夫婦に訊ねると、快く頷《うなず》いてくれた。

夫婦の住まいは、狭いながらもきれいに片づけられていた。火鉢に行灯《あんどん》、奥に屛風《びょうぶ》、一棹《ひとさお》の簞笥《たんす》。静かにつましく暮らしている様子が見て取れた。

上がり口に、赤ん坊をそっと置く。まだ眠ったままだ。慎重に、おくるみ代わりの振袖を開いた。赤ん坊は、女の子。振袖の中に何か書付けでもと思ったのだが、ない。手がかりは、なさそうだ。

ため息をつきかけたとき、薫は、赤ん坊の首に何かが付いているのに気がついた。土に似た色をした、粉だろうか。うっすらとかいた汗で付いた、ただの汚れか。だとしても量が多いのが気になり、指先ですくい取った。

すると赤ん坊がぴくりと動く。ゆっくりと目を開けて薫を見るが、すぐに小さなあくびをし、また眠ってしまった。

「まだまだ、おねむさんなのね。可愛い」

芽衣が微笑む。

静かにその笑みを見つめてから、薫は懐紙《かいし》を取り出し、土のような汚れを擦《こす》りつけた。

「あのう――」

背後から、夫婦が同時に薫に声をかけてきた。振り向くと、亭主が口を開き、こんなことを言い出した。

「その子、わしらが育ててもいいもんでしょうか」

二

浅草御蔵《あさくさおくら》に立ち並ぶ米蔵の間に、男の骸《むくろ》が転がっているのが今朝、見つかった。

致命傷となったのは、ひどく殴りつけられた後頭部の傷。腹や胸なども執拗に殴られ、顔がめちゃくちゃにつぶされていた。ここまでするのは、よほど深い恨みがあるからか、あるいは身元が簡単に知れないようにするためなのか。

凶器は、現場にそのまま打ち捨てられていた。

「庭石だな。御影石《みかげいし》か」

内藤三四郎は、唸《うな》りながら血だらけの石を観察した。両手でなら女でも抱えられそうな小ぶりの石だが、これで執拗に殴りつければ充分、死に至らしめることは可能だ。元からここにあったものとは考えられず、おそらく下手人が、この男を殺す目的で持ち込んだのだろう。

三四郎は次に、男の骸をのぞき込み、何か身元を知る手がかりはないものかと探した。

「おーい三四郎、助けてくれ」

肩越しに久世《くぜ》伊織《いおり》の声が聞こえた。かと思うと左の肩に、伊織の顎が乗ってくる。

伊織は、三四郎よりひと回り体が大きい。甘えられれば気持ちが悪いし、重い。邪険に振り払うと伊織は真っ青な顔でよろめき、そのまま、へたりこんだ。

「冷てぇな、おい。吐きそうだよ、俺。おまえ、そんなものをよく平気で見ていられるな」

「平気ではない」

三四郎は苦笑した。実際は、気を抜いたら胃の腑の底から酸っぱいものが飛び出してきそうなのを必死にこらえているのだ。

「しかし、これもお役目」

と、三四郎はまた骸に目を戻す。

久世伊織は子どものころからの知り合いで、同い年の二十一歳。三四郎と同じく同心の見習いなのだが、最近、出仕しはじめたばかりで、殺しの現場に来るのは初めてだった。

「これがお役目……。ねぇよ、そんなの」

「いや、我慢も大事なお役目なのだよ」

「俺は無理。助けてくれ」

「知るか」

突き放すと、伊織は恨みがましそうな目でこちらを見る。そして、よろよろ立ち上がり、離れていった。吐きに行くのかと思ったが、蔵の壁を背に座り込む子どもに近寄る。その子は札差・和泉屋《いずみや》の丁稚《でっち》であり、今朝、所用で米蔵にやって来たとき血まみれの骸を見つけたのだった。

丁稚のそばには三四郎の父・文太郎がいて、話を聞いていた。伊織は文太郎の隣に立ち、神妙な顔をしているのだが、いかにも真面目な修業中の同心といったふうを装っているだけだ。吐き気をもよおす骸のそばにいたくなくて逃げたのに違いない。

「おうい、こっちに来い」

父の文太郎が、三四郎を呼んだ。はい、と返事をしながら駆け出すと、父のかたわらには、神田須田町に行かせたはずの薫が立っているのである。もちろん、芽衣も一緒だ。

「おまえたち……」

「間に合ってよかったです、兄上。私たち、急いで来たのですけれど、もう皆さん引き揚げたのではないかと冷や冷やしました」

芽衣が神妙な顔で言う。薫は、とりあえず三四郎に会釈をしただけで、ぷいと離れて行った。迷いもせず骸に近づく。

「うわ、行くのかあの娘」

伊織が、ぼそっと呟く。

「行きますよ、薫さんは。――あら」

そこで初めて、芽衣は伊織に気づいたようだ。

「お久しぶりです、伊織さん。薫さんに会うのは初めてですよね。薫さんは、すごい女の子なんですよ。見くびったりしないでくださいね。伊織さんよりずっとずっと、ずーっとすごいんです」

自慢げな妹に、三四郎は笑ったが、芽衣の言うとおりである。実に無残な骸を、薫は平気な顔で見下ろす。そして腰を下ろし、じっくりとながめる。

「確かに、俺よりすごいな」

伊織が神妙に頷いた。

「おい芽衣、わたしはおまえと薫さんに、捨て子の件をまかせたのだぞ」

渋く顔を歪めて三四郎が言うと、芽衣は、つんとした澄まし顔になった。

「それはちゃんと済ませてきましたよ」

「済ませたのなら、そのまま帰りなさい」

「いや俺は、来るだろうと思っていたよ」

文太郎が、にやりと笑う。

「ですが父上――」

「薫なら、来る」

文太郎は、薫の様子を顎で示す。

薫は顔色ひとつ変えず、とにかく熱心に骸をながめている。吐き気をこらえているような様子すらない。

見習い同心の三四郎が使っている唯一の岡っ引きが、薫である。

町ごとの自治のために置かれた番屋からの訴えを、直《じか》に受け取る役目にあるのが三四郎たち定町廻り同心なのだが、江戸の広さや人の多さに反してほんの数名しかいない。手が回りきらないのを補うため、同心それぞれが使う手先が、岡っ引きと呼ばれる者たちである。

十五歳の、札差の娘を岡っ引きとして使っていると知られると、はじめは皆に驚かれた。三四郎としてもそんなつもりはなかったのだが、たまたま芽衣が薫と出会い、仲よくなり、あれやこれやある中で、気づけばこういうことになっていたのだ。

薫は自分の世界に没頭し、骸に触ってまで何やら確かめ、頷いたりしている。何か見つけたものを懐紙に包み、懐にしまい込んだりもしているようだ。そして、ふいに立ち上がった。

「芽衣、ちょっと甘いものでも食べに行こうか」

「あら、もういいんですか、薫さん」

芽衣が目を輝かせる。

「うん、いい」

「じゃ、両国橋のほうに行きましょ。甘いものじゃないんですけどね、お煎餅屋さんに行きたいの」

「芽衣が行きたいところなら、どこでもいいよ」

「はい！」

ふたりは、さっさと去ってゆく。薫は無言で、隣を歩く芽衣はにこにこ笑いながらおしゃべりを続けて。

「ふうん。あれが〝岡っ引きの、森野屋の薫さん〟か」

伊織が、興味深げに呟く。

「おう、あれが薫だよ」

文太郎が、目を細めて微笑んだ。

「薫さん、あの赤ちゃんのお母さんさがしは、もう終わりなんですか？」

芽衣は、歩きながら薫の背に訊ねた。浅草御蔵に、またふたりはもどって来ていた。三四郎たちは去っており、骸は運ばれ、あたりもすっかり片づけられて静かだ。

ここに立ち並ぶいくつもの蔵は、幕府の直轄地である天領などから集められた米が収められたものだ。大川の岸に八つの堀が作られて、それに面して蔵が建てられ、堀に着いた船から荷揚げされた米がすぐ貯蔵できるようになっている。この米が、旗本や御家人の禄になる。

男の骸が見つかったのは、一番端の堀に面した蔵の近くである。

蔵の周りやその近くを歩きまわる薫を、芽衣も追いかける。薫はずっと無言だ。芽衣が話しかけても、聞いている様子はない。

わざと無視しているわけではないのだ。わかっているので、芽衣は話し続ける。

「そりゃあ、あの小間物売りのご夫婦なら大事に育ててくれるでしょう」

赤ん坊は、とりあえず小間物売り夫婦のもとに託してきた。大家が戻ったら話し合いなさい、と言い置いて。

「私はやはり、お母さんが置いて行ったのではないと思います。拐《かどわ》かしじゃないかしら。でも手に余るようになって、人さらいが捨てていった──ね、ありそうな話でしょう」

「思い込みはよくないよ、芽衣」

ふいに薫が口を開いた。

「あんな置かれ方をしていたからというだけでは、捨てたのは親ではないという証拠にならない。無情に子どもを置き去りにできる親だって、いないわけじゃない」

「でも」

「世の中、自分の子を育てたい親ばかりじゃないんだよ。ついでに言えば、実の親に育てられたい子どもばかりでもないしね。様々あるんだ」

芽衣はうつむき、黙り込んだ。

「あたしは、このままあの子を小間物売り夫婦が育ててもいいのじゃないかと思う。あの夫婦、子どもはいないと言っていたね。もう若くはないからとあきらめてもいた。そこへあの子が来た。まるで天からの恵みのようだ」

おそらく大家は、夫婦の申し出を喜んで受け入れるだろう。町内で捨て子があった場合、大家が自分で、大人になるまで責任をもって育てなければならないという決まりがある。代わりに育ててくれる者がいるなら万々歳に違いない。

「なるようにしかならないよ。流れのままに放っておけばいい」

薫は立ち止まり、振り向き、軽く首をかたむけて芽衣を見つめる。

「それはわかりますけど」

芽衣が答えると、薫は、そんな会話など忘れた顔でまた歩き出した。熱心に蔵の壁を見つめたり、地面を舐めるように見たり、堀の水面を見下ろしたりした。おそらく、同心たちが見逃したものはないかと探っているのに違いない。

薫の下っ引きを名乗ってはいるが、こういうとき、芽衣が口を出すことはない。ただ一緒にいるだけだ。

それでも薫の役に立ちたくて、あれこれ見まわすのだが、骸の流した血が残ったままの土を間近で目にしてしまい、こみ上げる吐き気をこらえながら立ち上がるはめになる。

すぐに薫の声が飛ぶ。

「芽衣、向こうで休んでいなさい」

「はい」

気づかいが嬉しくて、芽衣は素直にしたがった。

薫はその後も蔵の周りを歩き続けていたが、やがて、

「帰るよ」

言うが早いか、すたすたと歩き出す。

八丁堀まで芽衣を送り届けてから、薫は、蔵前片町《くらまえかたまち》にある家に戻った。

先ほど歩きまわっていた御蔵は、薫の家の目と鼻の先にある。そこから、わざわざ八丁堀まで行ってまた戻るのでは申し訳ない、と芽衣は言った。しかし、芽衣の世話を焼くのは薫にとっては当たり前のことなのだ。返事もせずに八丁堀へ向かい、内藤家の門へ、芽衣を放り込んできた。

薫の住まいは、森野屋の離れである。ここに、ひとりで暮らしている。

寝間と居間の二間に、濡れ縁。縁の向こうは小さな庭で、遊びに来る芽衣が、自分の好きな花を勝手に植えている。竹の枝折戸《しおりど》が設《しつら》えられており、その向こうに母屋がある。

薫は、十歳の夏からここにひとりで暮らしている。母親と死に別れ、森野屋に引き取られたのだ。

いや、実はひとりではなかった。

薫が居間に入っていくと、長火鉢の横で丸くなり気持ちよさそうに眠っていた猫が急に目を覚まし、こちらを睨《にら》み、喉の奥から威嚇の声を漏らして縁へ逃げていった。

薫と猫は、ここにふたりで暮らしている。けれど、仲は悪い。薫が一方的に猫から嫌われているのだ。

びっくりするほど、どこもかしこも真っ白な猫だ。この猫を連れてきたのも芽衣だった。猫は、忌々しいことに芽衣にはとてもなついていて、薫に見せるのとは違う甘えた仕草で近寄っていく。

薫も別に、猫を可愛いとは思っていない。だから、嫌われていてもかまわない。

とりあえず、湯を沸かして茶を淹れることにした。長火鉢の火を熾《おこ》し、鉄瓶の中にある水を温める。やがて沸いた湯で茶を淹れていると、猫が戻ってきた。あからさまに薫を意識しているくせに、そんなことはないですよ、という振りをしつつ火鉢の横に丸くなる。

茶を飲みながら、今日、見つけて持ち帰ったものを畳に並べてみた。

「どういったものだろうね、これは」

赤ん坊についていた、土のような汚れ。御米蔵から持ち帰ったもの。

見つめながら唸っていると、猫が、にゃあんと鳴いた。甘えて鳴いたわけではもちろんなく、こちらを見もしていないのだが、薫はなんとなく猫に話しかけた。

「猫……あんた、なんて名前だったっけ？」

芽衣が付けた名前を、薫はいつも忘れてしまう。そんな程度の関心しか互いに持っていない相手だが、この猫は、薫の唯一の同居人である。

三

「神隠しだそうよ」

出かけようと離れを出た薫が、枝折戸から母屋の庭に足を踏み入れたとき、そんな声が聞こえてきた。

「お隣の和泉屋さんの――」

ふだん、母屋の人々にはなんの興味も持っていない薫だが、神隠しなどという不穏な言葉が気になり、ついそちらに顔を向けてしまった。

濡れ縁に座っていた声の主も、こちらを向いた。

「あら、薫さん」

森野屋のお内儀《ないぎ》・美弥《みや》である。

「お出かけですか」

美弥の隣には、娘の百代《ももよ》が座っている。薫とおなじ十五歳。痩せて小さく、可愛らしい女の子だ。

「神隠しって何」

薫は、向こうの問いには答えず、訊ねた。

「え」

「神隠しって言ったでしょう。隣の和泉屋の誰かが神隠しにあったの？」

御米蔵の骸を見つけた丁稚のいる、あの和泉屋だ。

「ああ――お隣に先日、赤ん坊が生まれたのは薫さん、ご存じかしら」

「知らない」

「跡継ぎの雪太郎《ゆきたろう》さんのお嫁さんの、お絹《きぬ》さんが産んだ子。それが突然、いなくなってしまったのですって」

「拐かされたの？」

「それにしては様子がおかしくて。夜、不審な者が入れるはずのない奥の間でお絹さんと一緒に寝ていたはずが、朝になると消えていた」

「ふうん」

「しかもね、寝かせてあった布団の上に、榎《えのき》の葉が一枚、置かれていたとか」

「なぜ榎？」

「薫さんはご存じない？　縁切り榎の噂」

美弥は、もったいぶった顔をしながらこちらへ身を乗り出してきた。薫に、この話に興味を示し、寄って来てほしそうな様子だ。

他人の噂話とおいしいものが大好きな、暇を持てあました大店《おおだな》の内儀である美弥を、薫は特に嫌いではない。が、相手をしてやる気もない。

「知らない」

そっけなく答え、近寄りはしない。美弥は、気にする様子もなく続けた。

「板橋宿《いたばししゅく》に誰やらいうお旗本のお屋敷があってね、そこに〝縁切り榎〟と呼ばれる大きな榎の樹があるのですって。その樹の皮を剝いで、煎じたものを縁切りしたい相手に飲ませると願いが叶《かな》うのだとか」

「なぜ」

「榎の横には槻《つき》(欅《けやき》)の樹があって、えのきとつき——えんのつき」

「縁の尽き、か」

「赤ん坊とお絹さんとの縁を切ったぞ——という、神様の置文なんじゃないかと言われているのよ」

美弥は、ぶるぶると肩をふるわせてみせた。しかし、薫はまたそっけなく言う。

「神様が、お絹さんと赤ん坊の縁を切ろうとする理由は何」

「え」

「神様がそんなことをする理由が何か、あるのでしょう」

「……さあ」

美弥は肩をすくめながら苦笑した。なんの根拠もなく出回った噂話をしながら、母娘で日向ぼっこを楽しんでいただけのようだ。

ばかばかしいので、薫はさっさと背を向け歩き出した。

神隠しにあった赤ん坊——ふむふむと頷きながら歩く。

背後には、百代に語りかける美弥の声が聞こえていた。

「神隠しかどうかはともかく、赤ん坊のこともお絹さんのことも心配ね。お絹さんのあの嘆きよう、あたしは見ていられなかったわ」

その声は、心底からの思いやりに満ちている。美弥は少々、無神経なところのある女だが、心根の悪い人間ではない。

思いがけず美弥と長話をしてしまった。森野屋の人とこんなにたくさん話をしたのは久しぶりのことだ。

疲れた、と思いながら庭を抜け、店先に出ると、ちょうどやって来た芽衣と出くわした。

「……なぜいるの」

「薫さんに会いに来たんですよ」

芽衣は無邪気に笑う。

「だってほら、私たち、ふたつも事件を抱えているじゃありませんか。家でのんきになんかしていられません」

「ひとりで来たの？」

薫は、芽衣の後ろを見まわした。芽衣のそばには誰もいない。

武家のお嬢さんがひとりで外出するなど、まったくもって非常識な話なのだが、芽衣は昔からそれをふつうにやらかす。

「いいえ、兄上に連れてきていただきました」

「あ、そう」

「兄上は今、御米蔵にいらっしゃいます。おひとりで現場を見直してみたいそうです」

「ふうん」

「私も少し、ご一緒したんですよ。兄上が何かすごいものを発見なさったりしたら、薫さんにお話ししなくちゃいけないもの」

「で、三四郎は何か見つけたの？」

「私がいたときには、何も」

芽衣は首を振る。

「兄上も、薫さんが何かすごいものを見つけたのではないかと気にしていらっしゃいました」

「へえ」

「言いませんでしたけど、私は何も」

「うん」

「で、薫さん、どこかへお出かけですか」

「そう」

「あらよかった、間に合った。どこへいらっしゃるの？」

「隣の和泉屋」

薫は、さっさと隣の店に向かう。芽衣が、そのあとを追いかける。

間口《まぐち》三間の店に入ると、帳場にいた男ふたりが驚いた目でこちらを見た。どちらも、体の大きないかつい男だ。おそらく、和泉屋の手代だろう。

この和泉屋も、森野屋とおなじく札差である。

旗本や御家人は幕府から、禄として米を支給され、米問屋に売って金に換える。これがなかなか面倒な話で、わざわざ御米蔵まで出向き、重い米を受け取り、米問屋まで自分で運ばなければならなかった。

その面倒を代行するのが札差の商いである。懐具合が厳しくなった武士には、次に支給される米を担保に前借りまでさせてくれる。

商いに便利なように、札差のほとんどが御米蔵の周辺に集まっていた。

「これはこれは、森野屋の薫さん」

片方の男が言った。

「何かご用で」

「お絹さんに会いに来た」

男たちは顔を見合わせる。そして、

「御新造《ごしんぞう》さんと、親しくていらっしゃいましたかね」

「いいえ、会ったこともない」

薫が言いきると、男たちはまた顔を見合わせる。

「御新造さん、臥せっておられましてね」

そこへ、芽衣がおごそかに宣言した。

「御用の筋です。奥へ通してくださいな」

帳場の裏の小部屋に通され、待たされた。

娘ふたりでやって来て、御用の筋などと言ってもふつうならば信用してもらえるはずはない。しかし薫が岡っ引きをしているのは、この辺りではよく知られた話であり、なんの疑いも持たれなかった。

しばらくすると、お絹がやって来た。ひとりではなく、年増の女と一緒だ。ともすれば足元が覚束《おぼつか》なくなりそうなお絹の背を、女がやさしく支えている。

「すみません、お義母《かあ》さん」

すまなそうにお絹が言うので、それが姑であることがわかった。

「お待たせいたしました」

お絹は、薫と芽衣を真っすぐなまなざしで交互に見つめながら腰を下ろした。姑もお絹に寄り添う。

お絹は二十歳前後に見える。特に美人というわけではないのだが、ぽってりとしたくちびるの脇に小さな星のような黒子《ほくろ》があり、それが妙に色っぽい。

生真面目なしっかり者であるようだ。赤ん坊がいなくなった心労で体調を崩したのだろうが、きちんと身なりを整えてきている。

「御用の筋でおいでとか」

「はい」

芽衣が、おごそかに頷く。しかし、薫が何をしにここに来たのかは知らないため、頷くだけで黙り込む。

薫も黙っていると、やがて芽衣はもじもじ、ちらちらと薫の様子をうかがい始めた。

その様子がかわいらしいので助けを出さないでいたが、そろそろいいか、と薫は口を開く。

「赤ん坊のことです」

すると、お絹の目にかすかな動揺が走るのが見て取れた。

「神隠しにあったのだとか」

「表沙汰にはしておりませんのに……」

「森野屋では、おそらく皆が知っているのだと思いますよ。あたしが聞いたのは、お内儀からです」

薫の隣で芽衣は、初めて聞く話なのに知ったかぶって澄ましている。

お絹が、ため息をついた。

「人の口に戸を立てるのは、本当に難しいことですね」

「なぜ表沙汰になさらないのですか」

芽衣が訊ねた。

「内々で捜させておりますから」

「町内の皆さんにお願いしたほうが、よろしいのでは」

「いいえ、うちの者たちだけで大丈夫でしょう。きっとすぐに見つかります」

「神隠しにあったというのに？」

「それは奉公人たちが勝手なことを言っているだけ」

姑が口を出す。

「榎の葉が落ちていたのは確かに妙なことですけれど、だからといって神隠しだなんて。人の仕業に違いありませんよ」

まったく迷惑な――と、姑は激しい口調で言い募った。

「もしかしたら、と思う人物はいるのでしょうか」

また芽衣が訊ねる。

「いない――わけではありません」

姑が、暗い声で呟く。

「お義母さん」

ささやき声で、お絹が制するのだが、姑は聞き入れずに首を振っている。

「それは、誰なのでしょう」

芽衣が、話を続けるよう姑をうながした。ところがそこへ、先ほどの手代が顔を出す。

「お話し中に失礼します、八丁堀の旦那がおみえで――」

手代の後ろから顔を出したのは、三四郎だ。

「兄上」

芽衣が驚き、腰を浮かす。三四郎のほうも目を見開いた。

「おまえたち、何をしている」

「御用の筋です」

芽衣が、澄まし顔で言い、

「赤ん坊のことで来たんだよ」

薫が付け加えた。

「神田須田町の捨て子か？」

「違う。別の子。それはいいけど、三四郎は何をしに来たの？」

「こちらも御用の筋だ」

三四郎は、あとはふたりを無視してお絹と姑を見据えた。

「御米蔵の殺しのことは存じておるな？」

「もちろんです」

「これに見覚えはないかな」

三四郎は、お絹の前に膝をつき、懐から何かを取り出した。薫と芽衣は、身を乗り出して見る。

「……根付《ねつけ》」

呟きながら、芽衣は薫と目を合わせる。

象牙で出来た、犬の根付だ。見せられたお絹と姑は、同時に、あっと声を上げた。

「雪太郎のものですよ」

「ええ、そうです、雪太郎さんの煙草入れの根付」

雪太郎とは確か、お絹の夫で和泉屋の跡取りだ。

「その雪太郎さんとやらの根付を、なぜ兄上がお持ちなのですか」

「御米蔵に落ちていた」

「どの辺り？　詳しく教えて」

薫が、真っすぐに三四郎を見る。

「堀のすぐ近くだよ。端も端に生えていた雑草の中」

薫は、ほんの少しだけ眉を動かした。それを見ながら芽衣は、その辺りは薫も探っていたのを思い出した。薫に見つけられなかったものを三四郎が見つけたということだろうか。悔しがっているに違いないのだが、薫は黙っている。

「なぜ、雪太郎さんの根付がそんなところに」

お絹が、眉をひそめながら根付を見つめた。

「雪太郎は今、行方知れずだそうだな」

三四郎に問われ、姑はばつが悪そうに頷いた。

「はい。ある日、ふらりと出て行ったきり戻らなくて」

「いつのことだ」

「子どもが出来たと知った日ですから、八カ月ほど経つかしら」

答えながら、お絹は自嘲する。

「あの人、ずっと子どもを欲しがっていたんです。それなのに、いざ出来たらいなくなってしまった」

最後が涙でむせびそうになり、姑が、あわててお絹の肩を抱いた。

三四郎は、気の毒そうにお絹を見つつも淡々と、今あの骸についてわかっていることを伝えた。

顔がつぶされ身元はわからないものの、三十前後の年齢であること、右肩に小さくもやっとした形の痣《あざ》があること、おなじく右の太ももに大きな黒子があることなどが検分から知れていた。

しかし、それを聞いたお絹と姑は、根付を見たとき以上に驚いた。

「雪太郎ですよ、それは」

「そうなのか？」

「はい、雪太郎には生まれたときから肩に痣がありました。太ももの黒子も」

姑は、お絹の背に顔を伏せた。そのままふるえているのは、泣いているのに違いない。

「では、殺されていたのは雪太郎さん……」

目を伏せ、お絹が呟く。

「実は」

姑が、お絹の背から顔を上げた。

「私どもでは、赤ん坊を連れて行ったのは雪太郎ではないかと疑っておりましたのです。それで、雪太郎の行方を改めて捜させておりましたのですが」

「赤ん坊？　おまえたちがここに来た理由の、赤ん坊か？」

三四郎が薫に訊ねると、芽衣が答える。

「お絹さんと雪太郎さんの赤ちゃんです。神隠しにあって行方知れずだというので、お話をうかがっていたところでした」

「神隠しではないと言ったでしょう！」

急に、お絹が声を荒らげた。

「雪太郎さんが連れて行ったの。あの人、この和泉屋の跡継ぎが欲しくてあたしを後添えにしただけなんです。出来たら満足して、出て行った。――あの女のところに行ったのよ」

歯ぎしりが聞こえそうなほど、悔しげな声だった。

「女がいたんですか、雪太郎さんには」

薫が訊ねると、お絹は苛立たしそうに眉をひそめる。

「薫さん、お隣だというのに何もご存じないのですね。本当に評判の通りの人だわ、あれにもこれにも無関心、興味があるのは捕り物だけ。私と会うのも今日が初めてだなんて、おかしいでしょう」

「別に、それであなたに迷惑をかけているわけじゃないから悪くないと思うのだけど」

ぼそぼそ薫が呟くと、三四郎が苦笑しながら言った。

「薫さん、お絹さんは雪太郎の後添えなんだよ。〝あの女〟というのは前の女房のことかな、お絹さん」

と、苛立ちをおさめてやるかのように、やさしく見つめる。

「……そうです」

お絹は素直に頷いた。

「前の女房は、子どもを産めなかったために追い出されたのだったな？」

「追い出しただなんて、人聞きの悪い」

姑が憤慨した。

「跡継ぎを産めないなら嫁としてここにいる意味はないと、自分から去ったんですよ」

「……嘘ですよね、絶対。追い出したのに決まってる」

薫に囁く芽衣は、姑に負けないほど怒っている。

「妙な言い方をして悪かった。とにかく、雪太郎は跡継ぎの子どもが出来たのを聞き届けて、前の女房のもとへ去ったということか？　それほど前の女房に惚れていたのか」

「……そうです」

また悔しげに、お絹は頷いた。

「まったく、ひどい子ですよ、雪太郎は。あんな子に育てたはずはないのに」

「しかし、なぜ雪太郎が赤ん坊を連れ去ったと考えたのだ。雪太郎は子どもはいらないから出て行ったのだろう？」

三四郎に問われ、お絹は薄く笑った。

「いざ子どもが生まれたら、欲しくなったんじゃないかと思うんです」

「雪太郎が？」

「ではなくて、あの女が。雪太郎さんの子だから欲しくなったのに違いない。あたしには産めた。でもあの女は産めなかった。だからあの女はあたしを妬んで……。あの女……あの女が……」

唸りながら、お絹は体を丸める。見かねた姑が、お絹をやさしく抱きしめた。

「お絹、もういい、もういいよ」

姑は涙の光る目で薫たちを見た。

「そういうことですので、赤ん坊は内々で捜させておりました」

「ところが、雪太郎は殺されていたわけだ」

薫が呟く。

「誰が、何のために殺したのか。そして、赤ん坊は行方知れずのまま。——なるほどね」

唸ると、薫は小首をかしげた。しばらく黙っていたあと、ふいに立ち上がる。

「いろいろわかった。ありがとう。お邪魔しました」

すたすたと歩き出すので、芽衣は慌てて追いかけた。

「おい、なんだ薫さん。待ちなさい」

叫ぶ三四郎は、置き去りのまま。

慌ただしく去っていった三人を見送り、お絹は大きく息をつきながら肩を落とした。

「大丈夫かい、お絹」

姑が気づかうのに、首を振って答えた。

「あたしは大丈夫」

「でも、薫さんはともかく八丁堀なんかがやって来て……」

「大丈夫ですよ、お義母さん。何もかもが大丈夫」

お絹は顔を上げ、背筋をしゃんと伸ばした。

四

「薫さん、薫さん、今度はどちらへ行かれるのですか」

和泉屋を出て自分の家の前を素通りした薫に、芽衣も、とことこついて来た。

「須田町の裏長屋」

「今度は、あちらの赤ちゃんのことですね。よかった、薫さん、本当にあの子のことは終わりにしてしまうのかと思って心配でした」

大通りを神田川に向かって行き、あとは川沿いを辿る。

「薫さん、あのお汁粉屋《しるこや》さん。田舎汁粉が評判なんですよ。こしあんの御前汁粉より、やっぱり田舎汁粉ですよねえ。私は粒あんが好きなんです」

「知ってるよ」

「あの店のは特におすすめですよ。今度、ご一緒しましょうね」

汁粉について語っていたかと思うと、次に見かけた紅屋の評判について話し出す。汁粉にも紅にも興味のない薫は、鈴が鳴るように軽やかな芽衣の声を、ただ心地よく聞いていた。

小半刻《こはんとき》も歩くと、神田須田町の番屋に着いた。

開かれたままの腰高障子から中をのぞくと、三人の男がいる。そのうちのひとりは、前にここに来たときにいた歳三という老人だ。皆でのんびり、将棋をさしていたようだ。

「おや、森野屋の薫さん」

歳三が言い、他のふたりは、なるほどこの娘が――という顔になった。

「源助《げんすけ》のところの赤ん坊の件ですかい」

「源助……小間物売りはそういう名前か。うん、あの赤ん坊のことで来た」

「あの子なら、源助たち夫婦が大事に育てていますよ。よく寝るし、よく泣くし。元気ですからなんの問題もありやせん」

「そうですか、よかったわ」

芽衣は大喜びだ。

「源助のところに行ってくる。勝手に行くけど一応、こちらにも話を通しておくね」

番屋を出、大通りから木戸をくぐり、八百屋や魚屋など小店の立ち並ぶ表通りを行く。

庶民の住まいである裏長屋は、表通りの裏手にある。店と店の間に木戸があり、それをくぐると続いていく路地の両側に、ひとつ屋根の下をいくつもに区切った狭い住まいが並んでいるのだ。

目当ての裏長屋の路地へ入り、すぐにある源助の家の前に立った。

薫が乱暴に、閉まったままの腰高障子を叩こうとすると、芽衣がすかさず、やわらかな声で呼ばわる。

「こんにちは。源助さんのおかみさん。先日、お話をうかがいにまいりました、岡っ引きの薫さんと下っ引きの内藤芽衣です」

すぐに人の気配がし、障子が開かれた。おずおずと、源助の女房が顔を出す。

「何か——まだお訊ねになりたいことが、おありでしょうか」

腕の中には赤ん坊がいた。よく肥えて、肌の色も健康そうな桃色だ。ぱっちりと目を開けて、機嫌よく笑っている。

「あら」

芽衣の目が、たちまちとろけた。

「元気そうね。それに、幸せそう」

「あの——」

女房は、不安げに薫を見ている。

「もしや、この子の親が見つかったとか」

「いいえ、見つかってはいませんよ」

「そうですか」

女房は、ほっと胸をなでおろす。

「では、今日はなんのご用でいらしたのでしょう」

「源助は？」

「おりますが、ちょっと休んでおりまして」

すると、女房の後ろから源助が顔を出した。

「いや、もう元気になった。仕事に行くところです」

源助の仕事は小間物売り。日用品を売り歩く行商人だ。

上がり口に、大風呂敷に包まれた大きな荷物が置いてある。中身は浅い抽斗《ひきだし》のような箱で、その中に、商う品を入れて何段も重ねる。重そうなあれを背負い、歩きまわるのだ。

「具合を悪くしていらしたのですか？」

芽衣が気づかう。

「いえ、ちょっと時間が空いたので休みに戻っただけですよ」

源助は笑うのだが、顔色がよくない。それでも重い荷を負おうとし、結局、うまく持ち上がらず女房が手を添えた。

見かねた芽衣が口を出す。

「やはり無理はなさらず、今日はもうお休みになさってはいかがですか？――あ、そういうわけにもいかないか。今日の分の稼ぎ……でも、うーん……」

芽衣は、どうしたものかと困り、唸っている。

唐突に、薫が言った。源助を、じっと見ている。

「疲れているだけだね、とりあえず今のところは。この仕事、始めたばかり？」

「よくおわかりですね」

「荷の扱い方が、ぎこちないから」

「私たち、ちょっと前に江戸に流れてきて間もなくて」

「まあ、どちらから？」

芽衣が訊ねた。しかし、

「それは……」

と女房は言葉を濁し、源助に目を合わせるのだが源助も黙っている。

「どこから来たのでも、それは別にどうでもいいよ」

薫は、興味なさそうに言った。人に言えない事情を抱えて江戸に流れて来るのなど、よくある話だ。

「慣れない仕事で疲れが溜まっているんだね。放っておくと本当に何か病にかかるかもしれない。疲れはちゃんと取らなきゃだめだ」

「……ありがとうございます」

「病じゃなさそう」

女房は、少し和んだ顔で笑った。心なしか、源助の顔色も明るくなったように見える。

「それはいいけど、ちょっと確かめたいことがあって来たの」

薫が言うと、女房はまた警戒し、顔を曇らせた。

「この子の親はまだ見つかっていない。けど、もしも見つかったらどうする？」

「それは……」

女房は、戸惑いながら源助を見上げる。源助も女房をやさしく見下ろし、やがて、ふたりの頬にはそっくり同じ、悲しげな笑みが浮かんだ。

「本当の親が、この子を望んでいるのかどうかで違ってきます。もしも、この子を捨てたことを後悔しているのであれば、お返しするしかないでしょう。実の親元で育てられるのが一番ですもの」

「後悔していなければ、どうするの」

「私たちで育てたい」

女房は、きっぱりと言った。源助は黙ったままで、こちらも同じ気持ちのようだ。

「そうか、わかった」

薫は頷き、踵《きびす》を返し、さっさと路地を歩き出す。

「急にお訪ねして、失礼いたしました」

残った芽衣が、丁寧に頭を下げた。

「あの——本当にこの子の親は見つかっていないのですか?」

「はい。見つかってはいませんよ」

芽衣はやさしく答えたが、女房はまだ不安げだ。源助が寄り添い、なぐさめるように女房の背にてのひらを添える。

芽衣の胸で、きゅうっとせつない音が鳴った。この夫婦は、もうすでに赤ん坊を、我が子のように大切に思い始めている……。

「赤ちゃんに名前は付けられたのですか?」

「はい、小夜《さよ》と」

「お小夜ちゃん。よい名前ですね。——よかったわね、お小夜ちゃん」

芽衣は、お小夜の頬を指先でちょっ、と突いた。お小夜は喉の奥で、嬉しそうな笑い声をたてる。

「では」

芽衣は微笑み、また頭を下げてから薫を追いかけた。

表通りの喧騒の中、薫の姿は、すぐに見つかった。振り向きもせず歩いているが、薫の足取りは不自然に遅い。芽衣が追いつくのを待ってくれているのだ。

芽衣が隣に並ぶと、薫は前を見たまま呟いた。

「消えた赤ん坊。殺されていた雪太郎。縁切り榎」

「はい？」

「芽衣、源助のところの赤ん坊は、神隠しにあった和泉屋の子かもしれない」

「なぜ、そう思うのですか」

「あの子を最初に見たとき、首に何か妙なものが付いていた。実は、同じものが御米蔵の骸にも付いていたんだ」

土のようにも見えたため、三四郎たちは見逃したのだろうが、薫はどうにも気になり、懐紙に付けて持ち帰ったのだった。

「あの骸が雪太郎だというのなら、源助のところの赤ん坊もこの件に関わりがあるのかもしれない」

「もしもそうだとしたら、お小夜ちゃんは和泉屋さんにお返ししなければいけませんね」

芽衣は沈んだ声で言った。それは当然のことなのだが、そうなれば源助夫婦がどれほど嘆くことだろうかと思うとせつない。

「和泉屋さんにお話しして、赤ちゃんと会ってもらいましょうか」

「いや、まだ気になることがあるから、それはしない」

「気になること……」

「うん」

薫はそのまま黙り込み、考え込んでいるようだ。それは何かと訊ねられる雰囲気ではなく、芽衣もしばらく口を閉じていたが、やがて頃合いをみて口を開いた。

「薫さん、次はどこへ行きますか」

「おなかがすいたから、まずは何か食べる。次のことは食べながら考えて、最後は八丁堀。芽衣を送って行く」


あくびをしていた猫が、芽衣を見ると嬉しげに近寄ってきた。

翌日のこと。芽衣は森野屋の離れに行った。

薫はいない。板橋宿に出かけたのに違いない。置いて行かれては一大事と早朝に家を出たのだが……。

「ひどいわね、薫さん。私を置いて行くなんて」

縁側で猫を膝に乗せ、待っていても、薫はなかなか戻らない。猫は伸び上がって前脚を伸ばし、芽衣に甘えようと顔に触れてくる。

「薫さんがいないと、つまらないし、寂しいですねえ」

芽衣は、ぎゅっと猫を抱きしめた。


さらに翌日の夕刻、三四郎は北町奉行所の同心詰め所で日誌をつけていた。皆、すでに仕事を終えて帰宅し、三四郎ひとりきりだ。

御米蔵の殺人の被害者は、どうやら和泉屋の雪太郎らしい。

しかし、誰がなぜ雪太郎を殺すようなことになったのか見当もつかない。まずは和泉屋を出てから雪太郎がどこでどうしていたのかを知ることが肝心なのだが、その手掛かりもまだ見つからない。

そして、消えた赤ん坊。一体どこにいるのか。連れ去ったのは本当に雪太郎なのか。

ため息をつき、三四郎は筆を置いた。

朝、一緒に屋敷を出た小者《こもの》は父と共に帰ってしまっているので、三四郎はひとりでのんびりと家路を辿る。といっても、奉行所から八丁堀までは歩いて小半刻もかからない。すぐ屋敷に着いてしまう。

「ただいま戻りました」

と声をかけ、奥の居間に顔を出すと、芽衣と薫がいた。

「お帰りなさいませ、兄上」

芽衣が、笑顔で嬉しげな声を上げた。

芽衣は薫に寄り添って、茶だ、饅頭だ、食事はどうするのか、などとうるさく世話を焼いているところだったらしい。薫は、面倒くさそうに答えつつも、芽衣の世話焼きを当たり前のものとして受けている。

いつもの、ふたりの光景だ。このふたりは本当に仲がいい。三四郎も芽衣とは仲のよい兄妹だが、それでも時折、ふたりの中に入ってはいけないような気がすることがあるくらいだ。

「いらっしゃい、薫さん」

三四郎が笑いかけても、薫は素っ気なく頷くだけだ。

芽衣は、今度は三四郎の世話を焼くために立ち上がった。

「お着替え、お手伝いしますね」

一旦、別室に引っ込み、着替えてまたふたりで戻ると、薫は何やら考え込みながら湯呑茶碗を手にしていた。

芽衣は、薫の世話焼きに戻った。せっかくの旨い饅頭がぐしゃぐしゃになっているではないかと怒る芽衣を無視し、薫は湯呑みをかたわらに置いた。

「御米蔵の件、そちらでは何かわかった？」

「いや、まだ何も。薫さんは？」

「あちらこちらと、いろいろ行ってみた。昨日は板橋宿。今日は和泉屋と——そこで面白いことを聞いたから、他にもいろいろ」

「面白いこととは」

三四郎は身を乗り出し、訊ねようとしたのだが、芽衣が拗ねた声を上げて邪魔をする。

「聞いてくださいな、兄上。私は昨日、ひとりでお留守番ですよ。薫さん、私に黙って出かけてしまうんですもの」

「板橋宿までは、さすがに遠すぎる。芽衣を、あんなに歩かせたくはない。急いでも一刻もかかった」

「確かに遠いな。芽衣の足にはきついだろう」

「でも、ごめんね」

薫が謝り、

「いいんです、もう三回も謝っていただきましたもの」

芽衣がまだ拗ねながらも受け入れる。

「で、面白いことというのは何なのだ」

三四郎は、すかさず訊ねた。しかし、

「教えない」

薫の答えはそれである。湯呑みを取り上げ、茶をすすってみせる。隣で芽衣が、こっそりと笑う。

昨日は置いて行かれたが、今日はずっと一緒だった。板橋宿でのことも芽衣はすべて薫から聞いている。芽衣には教えても、三四郎には教えない。

「そろそろ帰ろうかな」

立ち上がりかけた薫を、芽衣はあわてて引き留めた。

「待って、夕餉をご一緒しましょ。お母さまがはりきっていらっしゃるの」

「でも、もう遅い」

「兄上がお送りしますよ、ね？」

薫が夕餉を食べて帰るのは珍しいことではない。そのたび、文太郎が「送る」と言いはするのだが、薫がいると楽しくて呑みすぎ、酔いつぶれてしまうので、あてにならない。結局、三四郎が蔵前まで送る羽目になる。

結局、その日もそうなった。

八丁堀から蔵前まで、ふつうに歩けば半刻ほどかかる。しかし、日ごろ江戸市中を歩きなれた三四郎の足だと、それほどの時間はかからない。その早足に、薫は苦もなくついて来る。黙ったまま、顔を上げて真っすぐに前を見て、まるでひとりきりで歩いているかのように。

実際、薫は芽衣がいなかったらこの世にひとりきりで生きているのだろう。住む家があり、養う者がいても、それは薫の世界ではいないも同然のものばかりであり。芽衣と出会わなければ、この娘は今ごろどうしていたのか……。

薫とこの世をつないでいるのは、芽衣。ふたりは、本当に仲がいい。

三四郎のほうも、薫が黙り込んでいてもそれはいつものことなので、気にしない。

やがて森野屋に着き、

「では、おやすみ」

と帰ろうとすると、薫が言った。

「ねえ、十手《じって》が欲しいんだけど」

「そのために来たのか？」

「うん」

「では、やはりこの件、解けたのだな」

「うん」

「雪太郎を殺したのは誰だ」

訊ねる三四郎に、薫はニヤリと笑ってみせる。

「教えない」

五

薫は、芽衣を連れて、ふたたび隣の和泉屋に出向いた。お絹に会うためである。

「まだ何か、お訊きになりたいことがあるんですか？」

前に通されたのとおなじ、帳場の奥の小部屋で、お絹は迷惑そうに眉をひそめながら腰を下ろした。今日も姑が一緒だった。

前に来たときはきちんと身なりを整えていたのに、今日は寝間着のままである。

「お体、まだ、おつらそうですよね。ごめんなさい」

芽衣が気づかい、謝罪する。お絹が、薫の帯のあたりに目をやった。

「薫さん、それ……」

「うん、今日は十手を持っている」

薫の帯には、十手が差してある。

岡っ引きは、ふだん、十手を持ち歩かない。必要なときにその都度、町奉行所へ取りに行くのだが、面倒なので薫はいつも三四郎に頼んでいるのだ。

「御用の筋ですから」

芽衣が、おごそかに言った。姑が、怯えて肩をすくめたように見えたけれども気のせいかもしれない。

お絹が口を開く。

「赤ん坊のことでしたら、まだ見つかってはいませんよ。だからあたし、心配でこうして毎日、臥せっていて」

「その話じゃない」

薫が、ぴしゃりと言った。

「では、なんの……」

「御米蔵で死んでいた男。赤ん坊が消えた後に置かれていた榎の葉――縁切り榎」

お絹の頬が、ぴくりとふるえた。

「殺されていた男の着物の衿に、土のように見える、妙なものが付いていたんだ」

お絹は目を伏せる。

「板橋宿の縁切り榎のこと、調べてみた。榎のある屋敷のそばには、簡単に煎じ汁が作れるよう樹皮を擂《す》って粉にしたものも売られているんだってね」

「それが何か？」

「あの粉は縁切り榎の煎じ汁が乾いたものなのではないかと、あたしは思った。下手人は雪太郎を殺す前に煎じ汁を飲ませた——雪太郎と縁を切ろうとしていたのではないか、と」

「それが、なんだというのでしょう」

お絹は顔を上げ、くちびるの端に冷たい笑みを浮かべた。

「板橋宿まで行って、商いしている奴らに、最近、樹皮の粉を求めに来た者について訊いてみた。そうしたら、妙な女がいたと言った。御高祖《おこそ》頭巾をかぶって、うつむいてばかりいて。声も不自然に低めているのが印象に残っていたと」

薫はお絹をじっと見据える。お絹は、逃げるように目をそらす。

「……それが何か」

「あなただよね」

「あたしはずっと臥せっていて、外出などできないほど具合が悪かったんですよ」

「くちびると、黒子」

薫は右手を伸ばし、人さし指でお絹の口にそっと触れた。

「覚えていたんだよ、あなたに縁切り榎の粉を売った男が。頭巾で顔がよく見えなかったからこそくちびるだけが印象に残って。ちょっと忘れられないほどの色っぽさだった——って」

くちびるに触れた指を思わせぶりに動かしつつ、薫は続ける。

「こちらでは、赤ん坊をさらったのは雪太郎ではないかと疑っていたよね」

「そうですよ」

「雪太郎を呼び出して赤ん坊を返せと掛け合っているうちに、もみ合いになったの？」

「なぜ、あたしが雪太郎さんを呼び出せたりするんです？」

お絹は、くちびるを薫に触れさせたまま艶然と笑った。

「居所が知れなかったんですよ、雪太郎さんは」

「捜させていたんだから、実は見つかっていてもおかしくない」

「あたしじゃありません」

「お絹のはずがないでしょう！」

姑が悲鳴を上げた。

「お絹じゃない。お絹は、板橋宿にも御米蔵にも行っていない。ずっとここで臥せっていたんです」

「うるさい」

薫は、お絹から目をそらさぬまま姑を一喝し、黙らせた。

「あなただよね」

薫とお絹は見つめ合う。

「でも、赤ん坊を返してほしくて雪太郎を呼び出したというだけなら、前もって縁切り榎の粉を用意していたというのはおかしいよねえ。そこが解せない」

「そうですよ、ほらやっぱりお絹じゃない」

喚《わめ》く姑には目もくれず、薫はお絹に訊ねた。

「あなたは、誰との縁を切りたかったの？」

お絹は答えない。薫と目を合わせたまま、まばたきもしない。

そのまま、じりじりと時が過ぎた。どちらが先に音《ね》を上げ動いてしまうか——。

ふいに薫の手を払い、

「——ああ、もう！」

お絹は、自棄《やけ》になり叫ぶ。

「もう、いやだいやだ。なんなの、薫さん。あなた、札差の娘さんじゃないの。女の子でしょう、ただの十五歳の。なのに、岡っ引きなんてする必要がどこにあるの」

「……好きなんで」

「何を好きっていうの」

「わからないことがあったら、それを解くこととか。……それだけじゃないですけど」

「だからって、あたしを調べなくてもいいじゃない、せっかくうまくいっていたのに」

「言っちゃだめ、だめですよ」

背にしがみつく姑を、お絹は邪険に突き飛ばす。

「ええそうです、あたしですよ、雪太郎さんを殺したのは。薫さんのおっしゃる通り。赤ん坊を返してくれと言うために呼び出した。あたしが縁切りしたかったのは、雪太郎さんと前の女房。くだらないまじないにでも頼りたいほど、うんざりしていたんです、あの夫婦には。赤ん坊を取り戻して、すっぱり縁を切りたかったの」

「あなたは、ふたりのことを〝夫婦〟と言うんだね。今の女房はあなたで、あなたと雪太郎さんこそが夫婦なのに」

「雪太郎さんとあたしが夫婦だと実感できたことなんて一度もありませんでしたよ。あの人は一度もあたしを……」

言いかけて、お絹は黙り込む。ぐっと口を閉じ、拳にした手を膝に置き——長い間、そうしていた。やがて、意を決したように顔を上げる。

「とにかく、御米蔵で殺されていたのは雪太郎さん。そして、殺したのはあたし。もう覚悟を決めました。逃げも隠れもしませんよ。どこへでも引っ立てて行ってくださいな」

途端に姑が泣き崩れた。

「なんで——なんでこんなことに。ああ薫さんが捕り物の真似ごとなどしていなければ、誰にも知られず済んだのに」

その言葉に薫は、むっと眉をひそめた。

「真似ごとなんかじゃありませんよ。あたしは真剣に、岡っ引きの仕事をしているんだ」

姑は知らん顔で泣きつづけ、恨み言を唸りつづける。

「どうしたらいいの、和泉屋から人殺しが出るなんて」

「お内儀さん、あなたもお絹さんの罪を知っていたのに黙っていたのでしょう？　だったら一緒にしょっ引かれるよ。わかっている？」

姑は、ひぃっと喉を鳴らした。

「なんてことなの。前の嫁が——お小夜が、雪太郎の子を産んでくれていたら、こんなことにはならなかったのに」

六

お絹は、縄をうつまでもなくみずから番屋に出向いた。顔を上げ、潔い足取りで。犯した罪から逃げる気は、もはや、まったくないようだ。

「ねえ。あなたは誰と縁を切りたかったの」

薫は、先ほどの問いを、またお絹に投げてみた。お絹は物憂げに薫を見つめ返す。

今、番屋には、薫とお絹のふたりしかいない。今日の当番は、芽衣に連れられ三四郎たち同心を呼びに行った。

お絹は、奥の板の間に背筋をぴしりと伸ばして座り、薫は畳の間の火鉢の前で壁に背を預けている。答えがなくとも、薫は続けた。

「雪太郎夫婦との縁を切りたかったというのは、何か腑に落ちないんだ。向こうは自分から出て行ってくれたのに、改めて縁切りを願うのはおかしい」

お絹は、やはり黙っている。薫も黙り、ふたりは静かに見つめ合う。

薫は話を変えた。

「昨日、和泉屋で聞いたけど、半年ほど前に手代がひとり、店から追い出されているよね」

「――さあ。あたしは店のことはよく知りませんから」

お絹は、この話には反応した。

「たいそうな騒ぎだったそうだね。ある日、その手代の使い込みが知れた。自分は無実だと喚いたものの結局、店から追い出された」

「昨日は、あたしには声もかけず何をしているのかと思ったら」

「いなくなった赤ん坊のことで来たと言ったら、みんな親切にしてくれたよ」

「へえ。なのに赤ん坊でなく追い出された手代のことを嗅ぎまわっていたわけですね」

「うん。庭も嗅ぎまわらせてもらったよ」

「なぜ庭を」

「石。凶器になった石が気になっていた。わざわざ現場に持ち込まれたとしか思えないものだった。あれは、和泉屋にあった庭石だね。空いた場所をうまく埋めてあったけど、すぐにわかった。とするとあなたは、初めから殺しが目的で、御米蔵で殺されていた男を呼び出したということになる」

「ああ、はい、そうですよ」

「殺すために雪太郎を呼び出した？」

「何かおかしいですか」

「さっきは、赤ん坊を返して欲しかっただけって言ったよね」

お絹は目をそらし、黙る。

薫たちは昨日、昼前は和泉屋を調べ、昼過ぎには別の場所に移動した。

「両国の、六間堀町《ろっけんぼりちょう》の裏長屋」

お絹の眉が、ぴくりと動く。

「和泉屋を追い出された手代――新八《しんぱち》って名前だよね、その新八の住まい。気になったから行ってみた」

新八はいなかった。しかし、数日、家を空けるのなどいつものことだそうで、誰も心配していなかった。

「女のところだろうというので行ってみたけど、そこにもいなかった。でも、その女から面白い話を聞いたよ」

「へえ、なんですか」

「新八の右肩には痣があって、右の太ももには大きな黒子があって――」

「あら、雪太郎さんとおんなじ」

お絹は、くすっと笑う。そして、薫を見つめる。

「それが何か？」

「別に。面白いなと思っただけ」

「あたしには、どうでもいいことですけどね」

「そうだね。ねえ、あなたの赤ん坊はどこにいるんだろうね」

唐突に話が変わり、お絹は戸惑う目になった。

「いなくなった赤ん坊。あなたたちが言うように雪太郎が連れ去ったのなら、今はどこにいるんだろう」

「連れ出したのは雪太郎さんに違いないから、お小夜さんのところじゃありませんかね」

「それでいいの？」

「人殺しの子として生きていくよりは、ずっとましでしょう」

「路考茶の振袖……」

呟く薫を、お絹がきっと見据えた。

「それが何か？」

そこへ、芽衣が駆け込んでくる。

「薫さん、兄上たちを連れてきましたよ。どこにいらっしゃるのかわからなくて走りまわったの。お奉行所で待っていらしたのよ、無駄に時間を過ごしてしまったわ」

「やれやれ。終わった終わった」

番屋を出るなり、伊織が、だらしなくあくびをした。

お絹は、文太郎が付添い、大番屋に連れて行かれた。まずはそこで詮議を受ける。姑は、お絹の罪を知りつつ黙っていたというだけなので、今はとりあえず和泉屋に留め置かれている。

「お駄賃、忘れないでよ？」

薫が、三四郎に言った。

岡っ引きの働きへの、お手当のことだ。それは町奉行所からではなく同心から直接、手渡される。薫は、ひとつの事件に関わるたびに三四郎からお手当をもらうという約束を交わしている。

お手当は、大事。あれこれ謎を解くのが好きだというのはもちろんだが、薫が岡っ引きとして働いているのは、実は銭を稼ぐためでもあるのだ。

「今回は、事件三つ分のお駄賃ね」

「三つ？」

「御米蔵の殺しと、和泉屋の赤ん坊と、神田須田町の捨て子。三つ」

「御米蔵と和泉屋はひとつと見ていいのじゃないか？」

「いいえ、三つ」

三四郎の鼻先に、薫は右手をずい、と出す。結局、三四郎は押し切られ、

「あー、はいはい」

と頷いた。

「薫さん、このままおうちに帰りますか？　それとも、どこかへ遊びに行きましょうか。

私、面白い話を聞いたんですよ、両国橋のたもとにある見世物小屋で、昼間から幽霊が出るって噂があるんですって。でも、誰にでも見えるわけじゃなくて――」

「八丁堀へ行く。芽衣を送る」

「え、まだ帰るには早いです」

「芽衣、今日はお母上にお花をみてもらう日のはずでしょ」

「あら、そうでしたか」

「そう。だから帰る」

薫は、すたすた歩き出した。

「待ってください、薫さん」

芽衣は慌てて後を追い、薫の隣に並んで歩く。

「さあ、俺たちも行くか」

三四郎も歩き出した。しかし伊織が追って来ないので、振り向いてみると、

「仲がいいんだなあ、あのふたり」

伊織は、遠ざかってゆく薫と芽衣を見ていた。

「そうだろう？」

三四郎は目を細めて頷いた。

「まるで恋人同士のようだな」

「恋人……？」

三四郎は目を丸くし、首をかしげた。

「確かにとても仲はいいが、あのふたりは子どものころからあんな感じで、何より女の子同士で……」

ぶつぶつ言っている間に、伊織は歩き出していた。

「三四郎、早く来い。俺はもう帰りたい」

振り向いた伊織に急かされて、三四郎は走り出す。

七

薫と芽衣は、改めてまた神田須田町の裏長屋に向かった。小間物売り夫婦に引き取られた赤ん坊の様子を見るためである。

今日は、女房だけがいた。あれから源助は、体に気をつけつつ商いに励んでいるという。

「あの、この子の親が――」

見つかったのか、とまた女房は不安げだ。

「いいえ、見つかっていませんよ。この子が元気かどうか見に来ただけ」

薫は言い、女房に抱かれた赤ん坊の顔をのぞき込んだ。

赤ん坊は、前に見たときよりもさらにふっくらとして、健康で幸せそうだ。

「この子――お小夜ちゃん」

「はい、お小夜です」

「で、おかみさんの名前は？」

「あら、あたしは振《ふり》と申します」

「お振さん」

「はい」

女房――お振は微笑み、お小夜を抱え直して微笑んだ。

「そういえば、あの振袖はどうした？　この子が包まれていた、路考茶の」

「取ってありますよ、大事に。この子の実の親が残したものでもありますからね」

お振は、お小夜の頬を、ちょいと撫でた。

「昔――昔にね、源助さんが知っていたひとが、同じような振袖を着ていたの。可愛らしい女の子で、源助さんを慕ってくれていて。十《とお》ほども歳が離れていたから、大人びたところを見せたかったのでしょうかねえ、その振袖を粋に着こなした姿を見せに来たことがあって。――懐かしい思い出です」

微笑むお振の顔は、なぜかどこか悲しげだった。

「……薫さん」

夜の闇の中、隣でやすむ薫に、芽衣が呼びかける。

「何」

薫もまだ起きていた。

芽衣は薫の家に泊まり、ふたりは、ひとつ床の中に並んで横になっていた。ここには、布団は一組しかないのだ。

猫も一緒に眠っている。もちろん薫には決して近寄ろうとせず、薫がいるのとは反対側になる芽衣の横に丸くなって。

「あの赤ちゃんは……」

「うん」

「薫さんもそう思いますよね。あの子はやはり、お絹さんが産んだ子」

「かもね」

「お絹さんが、御米蔵で殺しをしたあの夜、捨てに行った。捨てる場所は適当に選んだのかしら」

「まさか」

「あのご夫婦が誰なのかを知った上で?」

「もちろん」

「ということは、あのふたりは」

「雪太郎とお小夜夫婦。名前を変えて身をひそめているんだね」

「だとしたら御米蔵で殺されていたのは手代の新八に間違いないのですね」

芽衣も昨日、薫と一緒にあちこち聞き込みに回っている。

跡継ぎを産めない嫁を追い出した、和泉屋。しかしその嫁を心から大事にしていた雪太郎は、後添えを迎えはしても、ろくに相手をしなかったのではないか。

「もしかしたら手も触れず、一度も抱きもしなかったのかもしれないね」

薫は、お絹がそれを漏らすような様子を見せたことがあったのを思い出した。

「自棄になったお絹が、手代と浮気をする――ありそうな話だ。ところが、うっかり身ごもった。それを雪太郎に告げてみると、怒りもせずに喜んで、跡継ぎが出来てよかった――と出て行ってしまった」

そんな流れだったのではないか。

あとは、邪魔になった新八に濡れ衣を着せて追い出したものの、怒った新八がお絹を脅し――といったところだろう。

「新八の着物についていた粉をなめてみたら妙な味がして、舌がぴりぴりしてきた。しびれ薬か何かを混ぜたんだね。まじないに頼る愚かな女と見せかけて、煎じ汁を飲ませて自由を奪った。そうでなければ、お絹ひとりで男を殴り殺すなんて難しい。その前か後か、あの子には煎じ汁をちょっと付けて形だけの縁切りをして、捨てに行ったんだろう」

最初に赤ん坊のお小夜に会ったとき、薫が見つけた粉は、その名残りが乾いて首にこびりついたものだろう。御米蔵で死んでいた男にもおなじものが付いているのを見つけたのが、謎を解くきっかけになった。

「それだけじゃない。あの根付」

薫は憮然と言う。三四郎が御米蔵で見つけた根付。雪太郎のものだとお絹たちが証言した。

「あたしに見つけられなかったものを三四郎が見つけるなんて、おかしい。だからお絹と姑が怪しいと思った。あれは絶対、目くらましのために後でお絹が置きに行ったんだよ」

芽衣が、くすっと笑う。

「何」

「負けず嫌いの薫さん。可愛いから」

「……うるさい」

「はいはい。で——お絹さんが縁を切りたかったのは新八、と、お小夜ちゃん。ですかね」

「うん」

「お絹さんはきっと、あの子を人殺しの子にしたくなかったのね。だから縁切りまでして捨てた」

「あの夫婦に押し付けて、嫌がらせをしたかっただけかもしれないよ。とにかく、雪太郎はお絹に殺されて、もうこの世にいない。神田須田町の裏長屋にいるのは、源助とお振。捨て子を引き取り、お小夜と名づけて育てている。いいね？」

「はい。お絹さん自身が、自分が殺したのは本当は新八なのだと言い出すことはなさそうですね」

「確かに、お絹は秘密を守り通すつもりのようだった。ある意味、お絹が殺したのは雪太郎だった、と言えるのかな。この世から存在を消してしまったのだから」

「雪太郎さんたちに自由をあげたようなものですね。そして赤ちゃんには、人殺しの子と呼ばれることのない未来をあげた。なぜ、わざわざそんなことをしたのかしら」

「さあね。姑もおそらく知っているのだろうけど、ふたりとも絶対、あの世までこの秘密を持っていくだろうから、その謎が解けることはないと思うよ」

「それはやはり、お母さんだからなのでしょうか。赤ん坊の父親が誰であれ、お絹さんはあの子を心から慈しみ、幸せに生きることを望んでいた。お姑さんも、雪太郎さんを和泉屋から解き放ってあげたいと思うようになっていたのでしょう。お母さんとは、そういうものだと思います。薫さんのおっ母ちゃんさまと同じように」

そんな芽衣の言葉への薫の答えは、すぐにはなかったのだが、しばらく待ってみると、

「うん、そうだね」

しみじみとした、しかしどこか寂しげなささやきが聞こえた。芽衣は安心し、話を続けた。

「あのご夫婦、なぜ〝お小夜〟と名づけたのでしょう」

「さあ。昔の自分たちへの懐かしみ？」

「でしたら、女の子だからお小夜ちゃんですけど、男の子なら雪太郎さんだったのかな」

「どうでもいい」

「もう寝ますか？」

「あたしは前から眠いから」

すこやかな寝息が聞こえはじめた。

「お小夜ちゃんには、源助さんたちがいる——そして薫さんには私がいますよ。芽衣は

いつもここに、薫さんのおそばにいますからね」

薫の寝顔を見つめながら、芽衣は微笑む。

「おやすみなさい」

声をかけ、芽衣もまぶたを閉じた。そして、すぐに寝入ってしまった。


「路考茶の振袖……」

真夜中、暗い牢の隅にうずくまり、お絹は呟く。

まだ小娘だったあのとき、大好きな雪太郎さんに見てもらいたくて装った。もう大人だと伝えたかった。雪太郎さんは褒めてくれたけれど、そのかたわらにはあの女もいた。

それでも褒めてくれた。大事な思い出。

思いがけずあの女が出てゆき、お絹の想いは叶った。それなのになぜ今、お絹はこんなところにいるのだろう。なぜ、こんなことになってしまったのか。

路考茶の振袖を想い、お絹は膝に顔を伏せる。大事な思い出。大事な振袖。あの子に着せて、手放した……。

第二話　ゆらゆら幽霊

一

夜と朝のあわいの中に、三人の幽霊がいた。

子どもの霊だ。男の子がふたり、女の子がひとり。

幽霊たちは走り、笑い、じゃれあう。淡い朝陽に照らされたその光景は、きらきらとまぶしいのに今にも消えてしまいそうなほど儚《はかな》くて、まさしくこの世のものではない。

芽衣は、足を止めてしばらく見惚れていた。

ふと、幽霊たちがこちらを見た。

六つのその目が、まるで底なしの穴に見えて背筋が冷える。その穴に、朝陽が真っすぐ吸い込まれてゆくような――。

そのあとのことは覚えていない。おそらく、すぐに走り出し、一目散に蔵前の森野屋へ向かったのだろう。

二

何か音がした。小さな音なのだが、ひどく耳障りで目が覚めてしまった。床の中で顔をしかめながら、薫はまぶたを開く。寝ぼけたままの頭で考えてみるに、今のは襖が開かれる音ではないか。

「おい」

男の声がした。

薫は、寝床の中から首を伸ばすようにしてそちらを見る。芽衣の兄・内藤三四郎が、開かれた襖を背に立っている。

「……三四郎か」

呟き、薫は目を閉じた。

「おい、寝るな」

「勘弁してよ、風邪をひいて寝ているのに」

　久しぶりに熱が出た。背筋がぞくぞくして何をする気にもなれず、母屋から運ばれて来た食事には興味すら持てなかった。すぐ床に入ったものの熱は上がり続け、寝たり目覚めたりを繰り返していたようだ。

「それは申し訳ない。だがな」

「何？」

「その……」

　三四郎は、もじもじと言いよどむ。続きを待つ気力などなく、薫は目を閉じたままである。

　それきり、静かになった。三四郎は気を利かせて帰ったのだろう。やれやれと眠り込もうとしたところ、

「おい、寝るな」

　また声がする。三四郎は、まだいるようだ。

「熱があって臥せっているところ本当に申し訳ないのだが、あのな、なぜ芽衣まで一緒に寝ているのかな。しかも、ひとつ床の中で」

　面倒くさくなってきて、薫は半身を起こした。

「うるさい」

見据えると、三四郎が怯《ひる》む。

「芽衣がいて、一体なにがおかしいの」

するとかたわらで、

「そうですよ、薫さんはお熱があるんですよ、だから私がおそばにいなくちゃだめ」

寝言のように芽衣が言った。そして、むくりと起き上がる。

「あら、兄上。おはようございます」

寝ぼけた目のまま、深々と頭を下げた。


三四郎は、いなくなった芽衣を捜して薫の住まいにやって来たのだ。

朝、家族皆が起きると芽衣の姿がどこにもなく、

『薫のところじゃねぇのか？　三四郎、おまえ、ちょっと行って見て来い』

文太郎がそう言うので来てみたところ、やはり芽衣はここにおり、薫とひとつ床の中でぴたりとくっつき、心地よさそうに眠っていた。

その姿を見たとき、

『まるで恋人同士のようだな？』

伊織の言葉が、よみがえったのだ。つい動揺してしまったが、熱を出してつらそうに

している薫を可哀相に思い、添い寝をしてやっただけのことだろう。ふたりは、とにかく仲がいい。

芽衣は起き出して身なりを整え、薫の枕元に座っている。

「で、芽衣はなぜ、こんな朝早くに来たの？」

横になったままの薫が訊ねた。

熱に浮かされ、何度めかに目覚めたとき、ふと見ると枕元に芽衣がいたのだ。大騒ぎで何かしゃべっていたが、熱のせいでまったく理解ができない。

『芽衣、うるさい』

息も絶え絶えに抗議をすると、芽衣はさらに慌てはじめた。そして床に入ってきて、薫をぎゅっと抱きしめた。

『大丈夫ですよ、芽衣がおりますからね。こうしていれば、お熱など下がります。苦しくなくなります。芽衣がここにおりますよ』

耳元で囁いてくれた。安心して眠りに落ち、それから目覚めもせずにいたところへ三四郎がやって来たのである。

「昨日、別れ際の薫さんの様子がおかしかったので、お風邪じゃないかしらと気になって。眠れなかったのです。夜が明けるのも待てなくて、つい」

「だからって、黙って出てきてはだめだよ、芽衣」

「ごめんなさい」

芽衣は肩を落とした。

「それに、心配して来てくれたというわりに、ずいぶんうるさかったよね。何か、ずっと喚いていた」

「ああ、そうなんです。私、見てしまったんです」

「何を？」

「幽霊です」

「幽霊……？」

「私は湊橋《みなとばし》を渡ろうとしていたんです」

日本橋川の河口近く、大川に流れ込む手前に架かる橋である。霊巌島《れいがんじま》と対岸とを結んでいる。八丁堀からは、すぐそこだ。蔵前へ来るとき、芽衣はいつもその橋を渡る。

「そうしたら、橋の上にいたんです、子どもの幽霊。しかも三人も。私、びっくりしてしまって。だって目が合ったんです、幽霊と」

「その幽霊、湊橋の上なんかで何をしていたの？」

「遊んでいました」

「早朝に、橋の上で遊ぶ幽霊」

　薫の目が笑いに歪む。

「その幽霊は、やっぱり足がなかったの？　ほら、応挙《おうきょ》の絵みたいに」

「茶化さないでください。怖かったんですよ、本当に。だから私、ずっと走ってここまで来て。一生懸命、薫さんに話したのに聞いてくれなくて。あ、でもすぐ、お熱が出ていることに気がつきました。うるさくしてごめんなさい」

　芽衣は頭を下げた。

「だが、ひとつ床の中で眠ることはないのではないかな」

　三四郎が口を出す。

「それでは、薫さんも休まらんだろう」

「一緒だから休まるんだよ」

　薫が目を上げ、三四郎を見る。芽衣も頷く。

「そうですよ。私がそばにいるから休まるんです。それに、いつもお泊まりのときは一緒に寝ておりますよ。ここには、お布団は一組しかありませんから」

「……なるほどな」

「それがどうかしましたか？」

芽衣は無邪気に首をかしげた。

「いや、うん、別になんでもない」

「それよりも兄上、このようなところにいらしていていてよろしいのですか。出仕のお時間なのではございませんか」

芽衣はあわてて立ち上がり、朝餉は済ませてきたのか大丈夫なのか等々、訊ねながら三四郎を送り出した。

三四郎がいなくなると、どこからか猫が現れて芽衣の足元にじゃれつく。抱き上げて、

「さ、薫さんのところに戻りましょうね」

頬を寄せると猫は、薫のそばになど行く気はないのか、不機嫌そうな鳴き声をあげながら芽衣の腕から逃れていった。


蔵前から、三四郎は走り通しで北町奉行所へ向かった。

上役である与力が出仕する前にはなんとか詰め所に辿り着き、胸を撫で下ろす。文太郎がうまくごまかしてくれていたため、叱責されることはなかったが、

「何をしていたんだ、珍しく遅いじゃねぇか」

久世伊織が、ぬっと現れ、三四郎を見下ろした。そこへ文太郎が、

「おい、そろそろ出るぞ」

市中の見回りに出かける時間だと声をかけてくる。ふたりは並んで詰め所を出た。

「蔵前まで行ってきたんだよ」

「蔵前……」

「森野屋──薫さんのところだよ。芽衣を捜しに行った。朝、姿がなかったものだから出向いたら、やはりいたよ。風邪をひいた薫さんが心配で様子を見に行ったのだと」

「朝っぱらから？　それはまあ本当に仲の良いことだ」

「あのな、伊織、おまえは前に言ったよな、ふたりの仲の良さが、その、恋人同士のようだって。あれは、どういう意味だった？」

「言ったか？」

伊織は眉を寄せ、考え込んでいる。どうやら覚えていないらしい。

「──いいよ。おまえはそういう奴だ」

呆れて、三四郎は足を速める。伊織と並んで歩く気はなくなった。しかし、伊織はそのままついて来た。

「ああ、思い出してきた」

のんきに唸る。

「何か少し、妙な感じはした。あのふたりの中には誰も入っていけないというか、入らせまいとしているというか」

「入らせまいとしている？――わ！」

首をかしげた三四郎の背に、急に男の子がぶつかってきた。勢い余り、そのまま三四郎を押し倒しそうになったのを、伊織が抱えて止める。

「おい、危ねえな」

「ごめんなさい、俺、急いでいて」

男の子は、頭を下げた。

十歳くらいだろうか。大きな目が元気いっぱいに輝いている。こざっぱりとした身なりを見るに、その辺の商家の子どもといったところか。

「気をつけて行けよ」

「はい。すみませんでした」

礼儀正しく、もう一度、頭を下げる。そして駆け出したかと思うと、あっという間に人ごみに消えてしまった。

三

卯之吉《うのきち》は、菊助《きくすけ》との待ち合わせ場所に向かい全力で走った。

途中、八丁堀の旦那にぶつかってしまい、無礼を咎《とが》められるかと縮み上がったのだが、旦那たちはやさしく許してくれた。

卯之吉は、浅草の料理茶屋・鞠屋《まりや》の跡取り息子である。親友の菊助は、霊巌島町の表店の、魚屋の子。共に十一歳のふたりは、昔からずっと仲がいい。

待ち合わせ場所は、日本橋川に架かる湊橋の下。土手を滑り降り、橋脚の陰に駆けこむと、菊助はもう来ていた。

「遅いぞ」

橋脚を背に座り、膝に乗せた冊子を読んでいたようだ。

「それ何？　また難しい本を読んでいるのか？」

「読本《よみほん》だよ。怖い話を集めた面白いやつ」

「怖い話が面白いとか、わかんねぇ奴だな」

菊助は、魚屋の子という印象に似合わず、物静かで学問が大好きで、賢い。卯之吉のほうが無鉄砲で威勢がよく、菊助の父親に『おめぇのほうがうちの子みてぇだよなあ』

などと笑われていたりする。

「そんなことはどうでもいい」

　菊助は冊子を閉じ、卯之吉を見据えた。

「見られたよな、俺たち」

「――うん」

　今朝のことだ。早い時間に待ち合わせて家を抜け出し、この湊橋で遊んでいた。すると、武家娘が現れて卯之吉たちに目を留めた。

娘は、早朝に子どもが遊んでいることに驚いていた。こちらが戸惑うほどの驚きようで、何度も首を振り息を整え、何かを呟いていたかと思うと、あっという間《ま》に橋を駆け抜けて行った。

「俺たちを知っているわけはないと思うけど」

「うん。知っているはずはない」

「大丈夫だよな」

「とは思うが、油断はするな」

「武家のお姉さんだよな、あの人。なぜ、あんな時間に出歩いていたんだろう。まあ、また会うようなことはないだろうけど」

「会うかもしれない」

「会わねぇよ。会ったとしても、覚えていねぇんじゃないかな、俺たちの顔なんて」

「わからない。用心は怠るな」

「うん」

菊助が真顔で言うことには、従っておいたほうがいい。卯之吉は神妙に頷いた。

「このまま、お蘭《らん》のところに行く？」

「何か、旨いものを持って行ってやりたい」

「鮨にしよう」

「甘いもののほうが良くねぇかな」

「鮨だよ。玉子と穴子」

「いいね。甘いけど、菓子じゃなくて飯だ」

ふたりは、にやりと笑い駆け出す。大事な女の子である、お蘭を隠している場所へ。

鮨を買い、どちらが早く着くかと競争しながら江戸の町を走り抜ける。

「お蘭、鮨を買ってきたぜ」

勝った卯之吉が、隠れ家に駆け込みながら叫ぶと、心配顔のお蘭が迎えてくれた。

「もう、ふたりとも、そんなに走って汗をかいて。早く拭いてくださいな」

すぐに世話を焼きはじめるお蘭も、十一歳。花の名を持つ女の子にしては地味な顔立ちなのだが、笑うと、驚くほど華やかになって可愛い。性格は、やさしくて愛らしい。

卯之吉と菊助とお蘭。仲よしの三人組だ。

四

薫の熱は、昼過ぎには下がった。

そののちも世話を焼きたがる芽衣を、いいからもう帰りなさいと追い出すと、猫とふたりきり。芽衣がいたときには甘えたり遊んだりとご機嫌だった猫は、途端に不機嫌になり、薫を避けて姿を消した。

することがないので縁に出て、芽衣が見たという幽霊について考えた。

幽霊などいるわけがない。芽衣が見たのは、勝手に家を抜け出して遊んでいた子どもだろう。芽衣にそう言うと、

『そうですよね、やはり』

と頷きはしたものの、納得はしていない様子だった。帰り際、

『あの子たちは本当に幽霊ではなかったのでしょうか』

　呟きながら薫を見た。

『だから、幽霊などいるわけがない』

『では、なぜあの子たちが幽霊に見えたのでしょう』

『朝陽のせい。きれいな光に照らされて、ふつうのものが不思議なものに見えただけ』

『それだけではなくて、何かこう——妙な感じがしたんですよ、あの子たち』

『妙って何』

『はかない、せつない……』

　それでも最後には、

『気のせいですかねえ』

　と笑い、帰って行った。

　何がそんなに、芽衣の気に掛かったのだろう。薫も気になる。これは少し調べてみるか。思うが早いか、立ち上がる。誰にも会わずに森野屋を出ると、真っすぐ湊橋に向かった。

　本来、薫は、銭にならないことはしない。しかし、芽衣のためとなれば話は別だ。まずは橋を行き交う人をながめる。ただの日常の風景だ。特別、妙なところはない。

しばらく見ていたが、怪しげな子どもが現れるようなこともなく、次第に飽きてきた。

今度は土手を降りてみる。橋の下をのぞくためだ。

誰もいない。薫は、橋の真下に潜り込んだ。そして日本橋川の上流をながめ、そのあと下流へ目を移す。

湊橋は、河口から数えて二つ目の橋である。海は、もう目と鼻の先だ。風の中に、潮の香りがするように思う。

薫は、きらりと光りながら流れてゆく水を追い、河口へと目をやった。この景色には、遠くへ何かが開けてゆくような高揚感がある。橋の上の日常から切り離された、別の世界であるかのようだ。

ここになら幽霊がいてもおかしくはないかもしれない、などと薫らしくないことを考えたりもした。

しかしすぐ、何もなさそうだし上に戻ろうと歩き出す。と、橋脚の元の草むらの中に何かを見つけた。近寄り、草をかき分けてみると、竹とんぼ。

「子どものおもちゃ。――子ども、か」

呟き、拾い上げた。竹とんぼを持ったまま、土手を上がる。下を向いて足場を確保しながら登りきると、道着姿の男の子が立っていた。

気にせず、薫はさっさと土手を去る。

このあとはどうしようかと悩んだが、湊橋の他に手がかりは何ひとつない。病み上がりの体もつらくなってきたし、家に戻ることにした。

蔵前に向かい大通りを歩いていると、後ろで聞き慣れた声が響き、軽やかに走る足音が聞こえてきた。

「薫さん！」

呼びかけられて振り向くと、芽衣がいる。

「もう、どうして出歩いていらっしゃるの。お熱が下がったばかりでしょう」

「芽衣だって、どうしてこんなところにいるの。さっき帰ったばかりでしょう」

「私は元気だからいいの。とにかく薫さん、おうちに帰りましょう。いい子にしたら、いいことを教えてあげます」

「……子ども扱いですか」

「いいから帰りますよ。薫さん、絶対に聞きたい話ですから。あのね、お屋敷に帰ったら、父上がお昼を食べに戻っていらしたの」

それだけ聞けば、興味のある話だというのはわかる。何かが起こり、芽衣の父・文太郎たち八丁堀同心が動き始めたのに違いない。

「帰る」

薫は、先に立って家路を辿る。つい、いつもの自分の足どりで歩いてしまい、

「待ってください、薫さん」

芽衣が悲鳴を上げたので、立ち止まり振り向いた。

「早くおいで」

追いついた芽衣に合わせ、今度はゆっくりと歩き出す。

去ってゆく薫と芽衣の後ろ姿を、卯之吉が見つめていた。

向こうは、こちらに気づいていない。いなくなるのを見届けてから、卯之吉は走り出した。行く先は、霊巌島町の魚屋だ。

「どうした、卯之吉」

息を切らして駆けてきた卯之吉に、菊助の父親が声をかける。

「菊はいる？」

「二階だよ」

そこへ客がやって来たので、父親は顎で上を示すだけで行ってしまった。卯之吉は、勝手に二階へ上がった。

菊助は、窓辺の明るいところで冊子を読んでいた。すぐ、こちらに気づいて目を上げる。

「どうした、卯之吉。道場へ行くと言っていたのに」

卯之吉は剣術を習っている。伊豆国《いずのくに》生まれの浪人が開いている、北辰一刀流《ほくしんいっとうりゅう》の小さな道場だ。今日は稽古の日だから遊べないと言っていたのだが。

「竹とんぼを忘れたのを思い出したんだ」

「湊橋に？」

「そう」

気に入っているものだったので、道場へ行く前に取りに行った。

「そうしたら変な女が橋の下にいて、俺の竹とんぼを見つけて持って行っちまったんだよ」

「取り返したいのか？」

剣術の稽古を休んでまであの竹とんぼに執着するのか――と、菊助は呆れ顔だ。

「うん。だから返してもらおうと後をついて行ったんだ」

ところがその女は妙に足が速く、なかなか追いつけない。そうしているうちに、女に声を掛ける者がいた。

「それが菊、驚いたよ。あの人なんだ。あの武家のお姉さん」

菊助は、膝から冊子をどけて立ち上がる。

「行くぞ」

「お蘭のところ?」

「外ではあの子の名前を口にするな」

「ごめん」

「あのお姉さんのほうに顔を見られては、いないんだよな?」

「うん。大丈夫だ」

「急ごう」

ふたりは階下に降り、裏口から抜け出した。

全力で走って向かう先は、下谷の表通りにある一軒の家だ。鞠屋の別宅で、卯之吉の父親が妾を住まわせるのに使っている。しかし今は囲う女がおらず、空いているのだ。

そこに、卯之吉と菊助はお蘭を隠している。

薫は芽衣の言うことをきき、家に戻った。

芽衣が床をのべ、長火鉢で湯を沸かし、すぐ横になれ、茶を飲んで温まれと言うのにも従う。床の中でおとなしく、湯が沸くのを待った。そして芽衣が淹れてくれた熱い茶を一口すすると、もう待ってはいられないと湯呑みを置き、

「教えて」

芽衣を見据える。

「薫さんが興味を持つお話かどうかはわかりませんけど」

「興味はある」

「まだ話していないのに」

苦笑しながら、芽衣は話し始める。

浅草にある鞠屋という料理屋で、店の金が盗まれる事件が起きた。

銭箱から小銭が消える程度のことは以前からよく起こっていたのだが、ここのところ、帳簿に記された売り上げと実際にある銭との差がひどくかけ離れるようになっていた。

「大金が盗まれるようになったということ？」

「はい。でもすぐに盗人の正体は知れて馘《くび》となって、お店の中で落着はしたのですって」

「それがなぜ、八丁堀の手をわずらわせることになったの」

「その盗人が――料理人のひとりだったのですけど、盗みが知れた次の日、行方知れず

になってしまった」

「餓にしたのだから、鞠屋にとってはどうでもいいことでしょうに。盗人を捜してくれと訴え出たわけ？」

「それがね」

失踪したのは、盗人だけではなかったのだ。

鞠屋には、人気の料理人がいる。主人が「是非に」と懇願して雇い入れた源太郎《げんたろう》という男。「源太郎を食べに行く」と言われるほど腕のある料理人だ。特に、冬なら大根、春には筍にそら豆、夏は瓜に茄子――と季節ごとの野菜を味も見た目も旨いものに仕立てると評判で、今の鞠屋は源太郎でもっているようなものなのである。

その源太郎も同時にいなくなった。

「源太郎さんがいなければお客に出す料理を作れないと、鞠屋さんは大騒ぎ。結局、町奉行所にお願いすることになったのですって」

「なるほど」

ふたりが同時にいなくなったというのなら、源太郎も盗みに関係していたのか。あるいは何か逆恨みでも受けて、盗人に拉致されたのか。

「わかった。三四郎を捜しに行こう。話を聞きたい」

「薫さんは、もう少しお休みにならなければならないから、だめなんですよ本当は」

「もう休んだ。芽衣の言うとおり横になったし、お茶も飲んだ」

「だめです――って言っても聞きませんよね、薫さん」

「うん。大体、芽衣、本当にだめだというなら、あたしにその話はしないでしょ」

薫は、もう床から抜け出している。

「せめて今日は休んでから、と思ったのですけれど、まあいいです。私がついていますからね。きっと大丈夫だわ」

結局、芽衣はいそいそと薫に従った。

ふたりは、まず鞠屋に向かった。しかし、そこに三四郎も文太郎もいなかった。仕方なく辺りを適当に捜してみたのだが、いない。

「薫さん、もう帰りましょう」

「うん、帰る」

と素直に言った薫の足の向く先は、八丁堀である。そして誘われるのを待たず、内藤家に上がり込む。

「兄上を待つのですね」

「うん」

庭に面した奥の間に薫を通すと、

「お茶をお持ちしますね」

芽衣は台所へ引き揚げた。鞠屋で起きていることについて、あれこれ考えたいだろう薫を、ひとりにしてあげるためだ。


下谷にある鞠屋の別宅では、三人の子どもたちが頭を突き合わせ、唸っていた。

「俺の竹とんぼを拾った女と、あのお姉さんが一緒にいたからといって、それほど気にすることもないんじゃねぇか？」

「ひどく気にして、急いで俺のところに来たのはおまえだろう、卯之吉」

「慌てたんだよ、驚いたんだよ。でも落ち着いてみると、それほどのことでもないかなと」

「いや、用心するに越したことはない。あの武家娘の知り合いの女が湊橋の下に来てまで何かしていたのには、理由があるに違いない」

「俺たちのことに気づいたのかな」

「そんなわけはないと思うけど、何が綻《ほころ》びのきっかけになるかはわからない」

「どうする？」

「俺に考えがある」

真剣に話し合う男の子ふたりを、お蘭は黙って見つめていた。

生まれてからずっとそばにいてくれた、ふたりだ。

お蘭の父は、鞠屋で料理人をしていた。というだけでは跡取りの卯之吉と仲よくなれはしなかったのだが、鞠屋に出入りしている魚屋が菊助の家で、菊助の父とお蘭の父が親しくしていて——と、つながった。卯之吉と菊助は、お蘭の知らないところで仲よくなっていたらしい。

やんちゃな卯之吉と冷静で頭のいい菊助は、まるでつがいの鳥のように息が合っていて、見ているとお蘭もなんだか楽しくなってくる。ふたりはお蘭のことも大事な友だちだと言い、今もこうして、危機に陥ったお蘭を救おうとしてくれている。

「いいか、お蘭」

卯之吉がお蘭を振り向いた。

「おまえは心配しなくていい。俺たちがなんとかしてやるからな」

ふたりは、また話し合いを始めた。

「武家のお姉さんのこともそうだけど、お蘭の母ちゃんをごまかすのも、そろそろ限界が来てるよな」

「ああ、その問題もあったか」

母親にはないしょで、お蘭はここに隠れているのだ。

「そちらはまた考えよう。武家娘については今、思いついたことがある」

「なんだなんだ、さすが菊だな」

卯之吉が身を乗り出した。

「俺たちが姿を見られたのは、湊橋。橋にまつわるもののひとつに、人柱の伝説がある。湊橋にもそれがある――としたら？」

「聞いたことねぇけど」

「俺もない。でも、でっち上げる」

「どんな伝説にする？」

「橋を架けようとしたところ、雨続きで土が緩んで橋脚が建てられない。そこに陰陽師のお告げがあって――」

「陰陽師か。胡散臭《うさんくさ》くねぇか？」

「この手の話に、胡散臭さは付き物だ」

「そんなもんか？」

「子ども三人を人柱にせよ、男がふたり、女がひとり。で、その通りに子ども三人が人柱になった。その後、橋は無事に完成したのだが、百年ほど経った今になってなぜか人柱の子どもたちが早朝、橋の上で遊ぶ姿が見られるように――」

「百年も何もなかったのに、なぜ今になって幽霊は現れたんだ。その理由はどうすんだ」

「いいか、卯之吉。こういう噂話は理屈で固めてはいけないよ。曖昧で、なんとなく――怖い話だからな、余計になんとなくがいい。そのほうが逆に本当らしくなる」

「なるほど」

「噂を流せば、いつかあの武家娘の耳にも届く。そうしたら、自分が見たのは噂の幽霊だったのかと思って、怖がりはするだろうがすぐに忘れてしまうさ」

「なるほどな」

ふたりは、噂をどう流すかについて話し合い始めた。

お蘭は、沸いた湯がたっぷりと入った鉄瓶を火鉢から取り上げ、茶を淹れる。

ふたりに任せておけば、大丈夫。お蘭は黙って、ふたりの話し合いを、ただ聞いていた。やがて話がまとまると、

「そろそろ帰らねぇと」

卯之吉が、あわてて腰を上げる。気づけば、もう陽が傾きはじめていた。菊助も、卯

之吉に続いた。

「お蘭、おまえ、ひとりで大丈夫だな？」

見送りに立つと、菊助が訊ねてきた。

「はい。大丈夫ですよ」

「何かあったら、すぐに知らせろ。俺のところでも、卯之吉のところでもいいから」

「はい」

笑顔でふたりを送り出す。

しかし家の中に戻ると、お蘭は表情を引きしめた。ふたりを通したのより奥にある部屋へと走る。その部屋の押し入れの戸に向かい、

「もう大丈夫よ」

声をかけた。

「ふたりは、もう帰りましたから」

押し入れの中から、返事はない。しかし、人の動く気配はあった。

ほっとして、お蘭は押し入れの前から離れた。

「ああ、鞠屋の件か」

内藤家では、帰ってきた三四郎が、待ち構えていた薫を見て苦笑いをした。三四郎の居間の隅に座し、薫は、芽衣が着替えを手伝うのを見上げている。

「薫さんには気の毒なことだが、あの一件は落着したよ」

「あら、そうなんですか」

芽衣は、三四郎に帯を渡した。

「いなくなっていた料理人の源太郎が戻ったんだ。盗人を諭《さと》そうとしたというんだが、何か怒らせてしまったらしく、大川の端に呼び出されて喧嘩になって。自分は怪我をして、相手は川に落ちて流されていった」

「源太郎は、なぜ姿を消していたの？」

薫が訊ねる。

「女のところに転がり込んで、今日まで寝込んでいたそうだ」

大怪我の源太郎は意識がない。女はつきっきりの看病で、鞠屋で起きた出来事を知らない。そのため、源太郎は行方知れずということになってしまった。

「盗人のほうも源太郎に怪我を負わされていて、大川に落ちたのなら海まで流されていっただろうということになったんだ」

「捜さないの？」

「そこまでする事件ではないよ」

「……そうか」

「悪いな、薫さんの出番はない」

するとと、薫はさっと立ち上がった。

「帰る」

「だめですよ、薫さん。今日は泊まっていらしてください。病み上がりなのにあれだけ動いて、さらにまた蔵前まで帰るなんて」

芽衣は畳んでいた三四郎の羽織を放り出し、薫を追いかけてくる。

表へ向かいかけたものの、薫は立ち止まった。芽衣は、しっかりと薫の手を握って引き留めた。

「お駄賃を稼ぎ損ねた」

むすっと呟く薫に、芽衣は微笑む。

「まだしばらくは、おとなしく休んでなさいということですよ」

とりあえず、今夜は内藤家に世話になる。しかし、明日もおとなしくする気はない。

家に戻っても猫しかいないし、猫とふたりきりは気づまりで、つまらない。

明日はまた、芽衣の見た幽霊さがしをしてみよう。そう決め、薫は芽衣に手を引かれて奥へ戻った。

五

しかし、病み上がりに動き回ったのが仇となり、しばらくまた寝込んでしまった。

ようやく元気になると、薫はひとりで霊巌島へ出かけて行った。

霊巌島は元々、大川の中州だったのが埋め立てられた島である。この地に、霊巌上人《れいがんしょうにん》という僧が寺を建てたことに由来する名だ。明暦の大火で焼失したのち、霊巌寺は移転してしまったが、地名は今も残っている。

薫は、湊橋の幽霊について何か知っている者はいないかと橋の近くを歩きまわった。

この辺りは町人地で、様々な店や住まいがぎゅっと建ち並び、人と物で毎日がにぎやかだ。芽衣の住む八丁堀とは亀島川を挟んだ対岸になるのだが、あちらは武家地ばかりで常に静かなのと大違いで面白い。

薫は、近くにあった桝酒屋《ますざかや》に入っていった。小売りの酒屋である。入り口で立ち飲みをしていた馬子《まご》ふたりに、

「訊ねたいことがあるのですけど」

声を掛けると、相手は大きく目を見開く。身なりのよい若くてきれいな娘が、いきなり声を掛けてきて驚いたのだろう。

「御用の筋です」

いつもは芽衣が言って相手を黙らせる言葉を口にしてみたのだが、酔った相手は面白がって笑い出した。

「なんでぇ、お嬢さん。こんな別嬪のお嬢さんが御用の筋たぁ驚いたねえ」

「訊きたいことってなんだい」

「それより一緒に呑まねぇか」

「お酒を呑んだことはありません」

「はじめての酒か。そりゃいいねえ」

「お酒はいりませんから、教えていただけませんか。湊橋に幽霊が出るという話を聞いたことはありませんか」

すると、馬子たちが顔を見合わせた。にやりと笑い、

「知ってるよ」

これは、からかおうとしているだけだなと、薫は顔をしかめる。それでも一応、答え

を聞いてみることにしたのだが、

「まずは一杯、呑まねぇとな」

「そうそう、呑まねぇと幽霊は見えてこねぇんだ」

飲みかけの桝を差し出してくる。うんざりし、無言で立ち去ろうとしたところ、見かねた店の者が口を出した。

「幽霊の噂なら、最近よく聞きますよ」

別の客に酒を持って来ていた丁稚だ。

「やっぱり噂はあるんだ」

頷き、丁稚が話し出したのは、菊助が作り上げたあの嘘話である。しかも尾ひれがついており、

「人柱にされた子どもは、川に沈められるときに恐ろしいほど低く大人びた声で『百年も千年も呪ってやる。まずは百年が過ぎたらまた現れるから怯えて待つがいい』と唸ったのだとか」

「湊橋が出来てから百年以上、経つね」

「そうなんです」

丁稚は身をふるわせた。

「百年経って本当に出てきたんですよ、人柱にされた子どもの幽霊が。富島町《とみしまちょう》の誰それやら大川端町《おおかわばたちょう》の誰それやらが見たという話を、お客さんがよくしています」

「なるほど。その噂、いつ頃から耳にするようになったの？」

丁稚の答えからわかったのは案の定、芽衣が幽霊を見た後かららしいということだった。

「この辺りで最近、子どもがいなくなったという話を聞いたことはあるかな」

「そんな話は聞きませんねえ」

「いなくなった話じゃねえが」

馬子が口を出してきた。

「ほら、鞠屋で金を盗んでいなくなったあいつの女房が、娘が帰ってこないと困っていたぞ」

「ああ、俺も聞いた。鞠屋の坊ちゃんに連れて行かれたまま戻って来ないんだってよ」

「鞠屋？」

薫は馬子たちを振り向く。鞠屋は、お駄賃を稼ぎ損ねたあの事件の舞台となった店だ。

「鞠屋の坊ちゃんは、なんでまたその娘を連れて行ったのかねえ」

「お蘭ちゃんと卯之吉さんは昔から仲よしだから」

丁稚が言い、

「盗人の娘になっちまったのを、世間の悪口から守ってやろうというのかねえ」

馬子たちは、しみじみ頷いている。

「その女房とやら、どこにいるの」

「霊巌島町の裏長屋に住んでるよ」

「ありがとう」

薫は礼を言い、その場を離れた。これだけ知れれば充分だ。

霊巌島町の裏長屋に住む、盗人の女房――頭の中には、もうその言葉しかない。馬子たちが、こちらに向かって何か叫んでいるようだが、薫は気にしなかった。ただひたすらに歩く。

しかし、遠くから芽衣の声が聞こえて来ると、その足は、ぴたりと止まった。

「薫さん！　見つけましたよ。こんなところにいらしたんですね」

「おうちに伺ったら、お留守なんですもの。元気になったからといって、すぐに無理をしてはいけませんよ」

芽衣は、薫の行き先も知らずについてくる。これから行く先どころか、留守をしていた薫の出かけた先すら見当もつかなかったはずなのに、芽衣は薫を見つけてくれた。いつもそうだ。

「芽衣が見た幽霊がなんだったのか、探っているんだよ」

そう言うと、芽衣は嬉しそうに顔を輝かせる。

「何かわかりましたか?」

「わかったわけじゃないけど——」

薫は、酒屋で聞いた話を伝えた。

「では、そのお蘭ちゃんのお母さまに会いに行くのですね」

「うん」

「私が見た幽霊を探っていたら鞠屋さんの件に行き着くなんて。驚きましたね」

酒屋の丁稚から聞いた長屋に着き、お蘭の住まいの戸を叩くと、しばらくの沈黙ののち、か細い声の応えがあった。そして、怯えた顔の女が顔を出す。お蘭の母だろう。

「あの、何か……」

「こんにちは、おかみさん」

芽衣が微笑む。いつものように「御用の筋」と口にするのかと思ったが、それは言わない。

「お蘭ちゃんのことで伺ったんですよ」

お蘭の母はおそらく「御用の筋」を何度も聞き、そのたび怯え、つらい思いをして泣いたのに違いない。だから芽衣は、その言葉を使わない。

「お蘭のこと……」

「はい。私の妹がお蘭ちゃんと親しいのですが、会いたいのにどこにいるのかわからないと困っておりまして」

芽衣は笑顔で、すらすらと嘘をつく。

「お蘭に、お武家のお嬢さんのお友だちがいたのですか」

「はい。鞠屋の卯之吉さんを通じて知り合ったようですよ」

「ああ、そうなんですか。私たちはこんな身の上になってしまったというのに、会いたいとおっしゃってくださるのですね」

お蘭の母は、うっすらとではありながらも嬉しげな笑みを見せた。

「お蘭ちゃんは今、どちらにいらっしゃるのでしょう」

「卯之吉坊ちゃんが、手伝ってもらいたいことがあるからと連れにいらして。菊助も一緒だったから安心して送り出したのですけれど、まだ戻らないのでさすがに心配しているところです。鞠屋に顔を出すわけにはいかないから訊ねに行くこともできないし」

「菊助って誰ですか」

「そこの魚屋の息子ですよ。お蘭と坊ちゃんと菊助、昔から三人で仲よしなんです」

「そうですか。では、私が鞠屋さんに伺ってみましょうね」

「お嬢さんが？」

「はい。何かわかったらお知らせしますよ」

「ありがとうございます」

お蘭の母は何度も頭を下げながら薫と芽衣を見送ると、寂しげに家の中に戻っていった。

「芽衣は、やっぱりすごい」

裏長屋の木戸をくぐりながら、薫は、しみじみと言った。

「何がですか」

「あたしには、あんな簡単にやさしい嘘をつくことなんて出来ない。きっと仏頂面《ぶっちょうづら》でお蘭のお母さんの前に立って、警戒されて何も聞き出せなかったよ」

「今さらですよ。そういう薫さんだからこそ、私が下っ引きをしているのでしょ」

「そうだけど」

「それよりも、お蘭ちゃん、卯之吉さんに菊助さん。女の子がひとり、男の子がふたり。

私が見た幽霊とおなじ組み合わせですね」

「うん。しかも鞠屋の件とつながる……」

「気になりますね」

ふたりはちょうど、表通りの魚屋の前を通っていた。

「ここかな」

「それらしい子はいるかしら」

立ち止まり、のぞき込む。威勢よく客の相手をしている男がひとり、いるだけだ。

「わかりませんね」

ふたりは、そのまま歩き出した。

しかし、その姿を二階から菊助が見ていた。芽衣の顔をしっかりと見、立ち止まってまで店の中を確認している様子も見届けた。手にしていた冊子を放り出し、菊助は家を飛び出した。


翌日、芽衣は朝から薫の住まいへと出かけた。幽霊と鞠屋のつながりについて、ふたりで調べる約束があるのだ。

ひとりで出歩くなと、薫にも三四郎にも怒られてしまうのだが、そんなことを気にしていたら薫の下っ引きは務まらない。

「薫さん、おはようございます」

声を掛け、上がっていくと猫が出てきた。にゃあん、と甘えて鳴き、芽衣にすり寄ってくる。抱き上げて奥へ進んだ。

家の中は、しんとしている。嫌な予感がし、寝間へと急ぐと薫はまだ床の中にいた。

「……芽衣」

情けない顔で、薫が芽衣を見上げた。

「またお熱が出ましたか」

「うん」

「無理をするからですよ」

「うん、そうだね」

珍しく素直だ。芽衣は、薫のおでこに手を当てて熱があるのを確認したあと、母屋に出かけて粥を作ってくれるようお願いした。冷たい水を盥《たらい》にもらってきて、手ぬぐいを浸しておでこに置き、熱冷ましもしてやる。

しばらく看病していたが、

「このままだとまた泊まることになってしまうよ。三四郎が怒鳴り込んでくる」

「いいです、泊まりますよ」

「だめ。母屋に知らせてくれたから、誰か見に来る。大丈夫。芽衣は帰りなさい」

薫に強く言われ、仕方なく立ち上がった。

「いいですか、ちゃんと薫さんを見ていてあげてね」

気のなさそうな猫に言い聞かせ、森野屋を出た。

いつものように霊巌島を通って八丁堀へ向かう。日が暮れはじめ、辺りの景色の輪郭が、淡く溶けはじめている時間だった。

途中、亀島川に架かる亀島橋のたもとに、うずくまっている女の子を見つけた。橋を渡った武家地の側で、辺りに人は誰もいない。

「どうかしたのですか」

芽衣は、女の子に近寄って行った。女の子が芽衣を見上げる。

「おなかが。急に差し込みが……」

苦しげに歪んだその顔を見た、と思った途端、後ろから誰かに飛びかかられた。背中に受けた衝撃で目がまわり、辺りの景色が歪んでゆく。女の子の顔の輪郭も淡く揺れる。

あ、と声が漏れた。この顔は知っている。あの子だ。湊橋で見た幽霊。

やはり、あれは幽霊だったのか。しかも、また会ってしまったのか。

怖くて身をふるわせたとき、強く口をふさがれ、やがて芽衣は意識を失った。

六

「どうすんだよ。重くて運べねぇよ」

「待て。考えてみるから」

「やっぱりやめましょうよ」

子どもの声が聞こえる中、芽衣はゆっくり意識を取り戻した。

薄目を開けてみると、橋のたもとの木陰に寝かされているのがわかった。そばには、男の子ふたりと女の子ひとりがいる。

「この人を放っておいたら絶対、お蘭は見つかっちまう」

「それはそうだ」

「でも、あたしたちにはどうしようもないんですよ。やめましょう」

「いやだ。な、菊助」

「もちろんだ」

お蘭、菊助――ときたら、もうひとりの名は卯之吉に違いない。あの子どもたちだ。幽霊ではない。ならば何も怖くない。

芽衣は、大きく目を開けた。

「あなたたち」

子どもたちは、途端に怯む。

「何をしているの。私を、どうしようというのですか」

「いや、あの……」

「私、あなたたちを知っていますよ」

年上の者らしく威厳を持って、芽衣は三人の顔を見渡す。

「湊橋で、朝早くに、遊んでいましたね。幽霊かと思って怖くて逃げてしまいましたけど、生きた人ですね、あなたたちは。それに――」

芽衣の様子に気圧されたのか、子どもたちはおとなしく話を聞いている。

「お蘭ちゃん、あなたのお母さまに会いましたよ。卯之吉さんに連れて行かれたまま戻らないと、とても心配していらっしゃいました。それなのに、三人で私を襲うなんて」

「俺たちは」

卯之吉が唸った。

「お蘭と一緒にいたいだけだ。俺たち、ずっと一緒だったのに。これからも変わらないと信じていたのに」

「そう、一緒にいたいだけなんだ」

菊助も静かに頷く。

芽衣は、改めて三人の顔を見渡した。泣き出しそうなお蘭。苛立った様子の卯之吉。冷静そうに見えながらも目を怒らせている菊助。

ただ一緒にいたいだけ——その願いは、芽衣の胸にせつなく刺さる。

「だからといって、なぜ私を襲ったの？」

「お姉さんが、あの人とふたりで俺たちのことを嗅ぎまわっているから。お蘭を隠しているのを知られてしまうに違いないと思った」

菊助の見立てで、芽衣のほうが扱いやすいだろうということになり、とりあえず捕まえて説得しようと決めた。

薫は手強い相手だと思ったらしい。芽衣には、それがとても気に入った。

「つまり、あなたたちはお蘭ちゃんを隠しているのね。理由は、離されたくないから。そこまではわかりました」

おごそかに言う。

「では、こんなところにいて人に見られてはいけないわ。お蘭ちゃんを、どこに匿《かくま》っているの？　私をそこに連れていきなさい。ゆっくり話を聞きましょう」

三人は、困ったように目を見合わせた。

「私は、こう見えてもお上の御用をあずかる者なのですよ。私と一緒にいた薫さんは岡っ引きで、私はその下っ引き」

「え、お姉さんたちが？」

不審そうな子どもたちを、芽衣は強気の笑顔で黙らせた。

「私なら、三人が離れないでいられるよう、なんとかしてあげられます」


こんなことになるとは予想外だと菊助は思った。

いま鞠屋の別宅で、芽衣は三人を座らせて顔を見渡しながら、滾々《こんこん》と説教をしている。子どもだけでこんな無謀な計画を立てて、お蘭の母を心配させているし、私を怖がらせもしたし、まったく困ったものだ——と。

「でも聞いてくれよ、お姉さん」

卯之吉が、芽衣に訴えた。

「あのままだったら、お蘭は信州へ連れて行かれるところだったんだ」

お蘭の母は、盗人の身内になってしまった今、もう江戸では暮らせないと言い、お蘭を連れて在所である信州へ移り住むと決めている。

それはつまり、幼なじみの三人の別れである。お蘭は泣き、卯之吉は怒り、菊助は怒りながら考えた。お蘭が信州へ行かずに済むにはどうすればいいのか――。

頭のいい菊助が考えに考えても、これという絶対的に良い考えは浮かばない。切羽詰まり、お蘭の母に『お蘭に頼みごとがあるのでしばらく借りる、給金も出す』と言って連れ出し、ここに隠した。

「信州へ行ったって暮らしにくいのは同じだよ。盗人の子として見られて虐《いじ》められるんだ」

「お蘭を、そんなめにあわせたくない」

「田舎に帰るより、江戸にいて人の中に紛れてしまうほうが生きやすいのではないかと、私は思いますねえ」

「でしょう？　お姉さんもそう思うよね」

「ですが、頼れる親御さんのいるお在所へ帰りたいというお母さまの気持ちもわかるわ」

芽衣は、ため息をついた。

お蘭はずっと、小さくなって座っている。芽衣と目を合わせようともせず、くちびるを引き結んでいる。

話をしているうちに、夜はすっかり更けていた。

「あなたたち、ここにいて大丈夫なの？」

芽衣は男の子たちに訊ねた。

「俺は菊助のとこに泊まると言って出てきているし、菊助の親は、俺たちが遅くまで出歩くのに慣れてるよ」

「俺たちより、お姉さんは大丈夫？」

「私は、ここに泊まります」

家の者はおそらく、また薫のところに泊まっているものと思い、心配はしないだろう。

のんきにそう言う芽衣を、男の子たちは、

「武家のお嬢さんなのに変わっているね」

と不思議そうに見ていたが、結局、魚屋へ帰って行った。

「本当に、泊まっていらっしゃるのですか？」

お蘭がなんだか困っているふうなのが気にはなったが、眠くなってきていた芽衣は、

「はい。お泊まりさせてくださいな」

頭を下げてお願いし、床はどこにのべればいいのか、おなかはすいていないか、などとお蘭の世話を焼き始めた。

お蘭は闇の中で目を開き、そっと起き上がった。

隣にのべた床では、芽衣が眠っている。様子をうかがうと、すやすやと安らかな寝顔だ。これなら大丈夫そうだ。

お蘭は床を抜け出し、奥の部屋へと足音を立てないよう気をつけながら急いだ。押し入れの前に膝をつき、ひそやかに呼びかける。

「お父ちゃん」

中で、人の動く気配があった。

「起きてる？」

訊ねながら襖を開く。お蘭の父・長治《ちょうじ》は起きていて、押し入れから這い出してきた。

「ごめんね、お父ちゃん。今夜は人がたくさん来てしまって。おなかすいたでしょう」

「いや、まだあちこち痛くてな」

「横になっていていいよ」

「すまねぇな、お蘭」

お蘭は、卯之吉と菊助には内緒で長治を押し入れに隠していた。

川に落ちて行方知れずの長治は生きていたのだ。しかし体中がひどい傷だった。お蘭には薬を手に入れることなど出来ず、ただ傷口を清潔にしたり冷やしてやったりするだけで、このままでは一体いつお父ちゃんは元のように元気になるのだろうと心配でたまらない。

「こんなことになるなんてなあ。本当にすまねぇ、お蘭」

「いいのよ。お父ちゃん、生きていてくれたんだもの。あたしはそれだけで嬉しいの」

けなげに微笑む娘を、長治はいとおしげに見つめる。

「おなかがすいていなくても、少しは何か食べたほうがいいよ。すぐに持ってくる」

お蘭は立ち上がろうとしたのだが、半分だけ腰を上げたところで、ぎくりと止まった。

「お蘭ちゃん、その人は誰ですか」

芽衣の声が聞こえたからだ。

七

「起きろ、薫さん」

眠りの向こうから聞こえてきた声を、薫はずっと無視していた。ところが声は止まず、眠りはやがて遠ざかり、仕方なく目を開けることにした。

昨日、芽衣を帰してから、ずっと寝ていた。まだ体は重い。幽霊と鞠屋の件が気になって仕方ないのに、動きたいと思えない。体だけでなく頭もまったく働かず、何を考えようとしても、もやもやと形の成さないものが広がるだけで気持ちが悪い。

「おい薫さん、起きてくれよ」

声の主が三四郎であることは、わかっている。相手をするのは面倒で、そちらを見もせずにいたのだが、続く声はひどく切羽詰まっている。

「起きろ、薫さん。昨夜から、芽衣が帰って来ないんだ」

その言葉に、薫は途端に飛び起きた。

三四郎は、寝間着のまま飛び出して行こうとした薫の腕を取り、なんとか止めた。着替えをさせ、一旦、息を整えさせてから、

「よし。まずは話をしよう」

目をのぞき込むと、薫はおとなしく頷いた。

「昨日、芽衣はここに来ているな？」

「来た。あたしの看病をしてくれた。また熱が出たから」

「それから家に戻っていない。ここを出たのはいつごろだ？」

「日が暮れる少し前」

「その前の日も会っているな？」

「鞠屋の件は終わったと言われて暇だったから芽衣が見たという幽霊を捜していたあたしを、芽衣が見つけてくれた。そうしたら、その幽霊の正体かもしれないものと鞠屋の件は、つながっているのがわかったんだよ」

「なんだって」

「幽霊のひとりが鞠屋の子かもしれなくて、もうひとりが鞠屋の事件の盗人の娘かもしれないというだけ——なんだけど」

と言いつつ、薫の顔つきは次第に引き締まっていく。何かに気づき、考えをめぐらせ始めたのがわかる。

「盗人の遺骸は、まだ見つかっていないよね」

「おそらく、海に流されている」

「おそらく、でしかないよね」

薫は首をかたむけ、黙り込んだ。こういうときに話しかけても無視されるだけなのは、わかっている。薫がまた口を開くのを、三四郎は待った。

「鞠屋に行くよ、三四郎」

立ち上がり、すたすた歩き出すのを、三四郎はただ追いかける。


「ねえ三四郎、盗人の名前は、なんというのだった？」

「鞠屋の料理人の長治」

「どんな男なんだろう。銭箱からこそこそ銭を盗み取るなんて、きっと小者だね。花形料理人の源太郎に妬みの気持ちを持ってもいたのだろうか。だとしたら、源太郎に盗みを咎められて喧嘩になるのもわかるな」

早足で浅草へ向かう薫のあとを、三四郎はついて行く。

江戸市中を毎日、見回り、何か事件が起きてはいないかと気に掛けるのが仕事の八丁堀同心は、歩き慣れているせいで人よりも足が速い。その三四郎よりも速く、薫は浅草の鞠屋を目指して歩く。

ただひたすらに前を向いて行く。旨そうな食い物の店があろうが、きれいな小物の店があろうが、薫の目には入りもしない。元々そういう娘ではあるが、今は芽衣を捜すために歩いているから尚更だ。芽衣のこととなると、薫は普段の倍の力を出して動く。

まるで恋人同士のよう――その言葉は、あながち間違ってはいないと三四郎は思う。

薫は芽衣を大事に想い、芽衣は薫を大事に想う。ふたりの想いは、三四郎にはまぶしいものであり、いとおしいものであり、少し哀れなものでもある。

「長治が生きているということも、あり得る」

薫は呟いている。

「確かにな」

三四郎が応えても、薫は聞いていないようだ。考え込んだまま、ただ前だけを向いて歩く。四半刻は掛かる浅草への道を、あっという間に歩き抜き、鞠屋の門前に着いてみると眠そうな顔の伊織がいた。

「なんだ、ふたり連れ立って」

「おまえこそ、なぜここにいる？」

出仕前の時間である。こんな早朝から伊織が出歩いているのは珍しい。

「昨日の帰り際、おまえの親父殿に鞠屋への伝言を頼まれた。面倒だから朝、来ることにしたんだが、失敗した。眠い。おまえに頼めばよかった」

「知るか」

三四郎は顔をしかめた。

三人は門をくぐり、女中たちのいる詰め所を目ざした。

鞠屋は、通な人々の集まる人気の料理屋のひとつである。贅を尽くした料理を食べさせるだけでなく、食事の前に汗を流してくつろげる湯殿があることや、どの部屋からも美しい庭が見渡せること、女中の気づかいが素晴らしいことなども評判を呼んでいる。

三四郎と伊織が話をする横を、薫はおとなしくついて来た。伊織に興味があるのか、じっと横顔を見上げている。

「――なんだ？」

見つめられて気になったのか、伊織が薫を見下ろす。

「知らない人だから観ていただけ」

そういう薫に、三四郎は苦笑した。

「先日、御米蔵で会っているよ」

「知らない」

「薫さんは、あの骸に夢中だったからな。久世伊織だ」

「三四郎の親友だ」

あくびをしながら伊織が言うと、三四郎は即座に否定する。

「いや違う。ただの、昔からの知り合いだ」

「芽衣も、このひとを知っているの？」

薫の問いに、伊織が答えた。

「もちろん。初めて会ったときの芽衣は、おくるみの中でうるさく泣いていたが、可愛かったぞ」

「わかった。だったら、あんたのことを覚えておく」

女中たちの詰め所に顔を出し、応対した女中に伊織が伝えたのは、長治のことについてだ。あれからまた一応、検分してみた結果、やはり流されたに違いないということになった――と。

わかりきっていた話ではあったので、女中は、はいはいと頷き、主人に伝えておきますと言っただけで引っ込んでいこうとした。それを、薫が呼び留めた。

「源太郎はいる？」

「いませんよ。あの人は、仕込みも終わってからでないと来ません」

女中は苦笑する。

「じゃあ、卯之吉はいる？」

薫は、さらに訊ねた。

「卯之吉坊ちゃんですか？　坊ちゃんに、なんのご用でしょう」

「いるかいないか訊いているだけ」

無表情な薫に戸惑いつつも、女中は答えてくれた。

「坊ちゃんはもう、何かのお稽古に出かけていらっしゃいますよ」

「いないんだね」

「はい」

「わかった」

頷き、薫は歩き出す。

「おい、待てよ」

男ふたりは、慌ててあとを追いかけた。

「芽衣は大丈夫。あたしがいるから大丈夫」

そう言う薫を、三四郎は心配げに見つめていたが、やがて伊織をうながし北町奉行所へと走って行った。

薫はそのまま住まいに戻る。

縁側に座り、庭へと目を向けていると、猫が静かに歩いて来た。猫は、薫がいるとは思いもせずに来たのだろう。ぴくりと動きを止め、唸りながら爪を立てて威嚇を始める。

「おまえ、あたしの家で暮らしていることに、いつになったら慣れるの。まさか、おまえの家にあたしがいると思っているのではないでしょうね」

猫は、唸りつづけたままだ。

「とにかく邪魔をしないで。あたしは今、芽衣のことを考えているんだから」

芽衣と聞いて何か思うところがあったのか、猫は、ぷいと横を向き家の中に戻っていった。

「芽衣……」

その名を呟いてみる。

大丈夫、と三四郎に言いはしたが本当は、心配が募るばかりだ。しかし今は、時の経つのを待つしかない。

じりじりしながら、ただ待った。そして昼過ぎ、もういいだろうと立ち上がり家を出た。走ってゆく先は、鞠屋だ。

真っすぐ女中の詰め所に向かう。朝、応対してくれた女中がおり、

「源太郎はもう来た？」

訊ねると、いると言う。

「厨房かな。どこ？　案内して」

女中は、勝手に上がり込む薫に驚いたものの、薫が三四郎の使う岡っ引きであることは朝、伝えてあったので、厨房まで連れて行ってくれた。

「誰が源太郎？」

「あの人ですよ」

女中が指したのは、まだ若そうな色男だ。大きな盥で魚を洗っている男を叱りつけていた。洗い方に、何か気に食わないところがあるようだ。かと思うと、まな板で鶏をさばいている男に近寄り、また罵声を浴びせる。包丁を奪い取り、こうするのだと示してみせている様子は、いかにも評判の料理人らしい姿に見えた。しかし、

「源太郎って、何か嫌な奴だね」

女中に、薫は言った。すると女中は頷きながら苦笑する。

「腕はいいんですけどねえ。人の使い方が下手というか。相手を馬鹿にしたり罵倒したり。だからみんな、素直に源太郎さんの言うことを聞けない。いつも揉め事ばかりが起きて……。そんなとき、うまく治めてくれるのは、長治さんだったんですけどねえ」

「盗人の長治？」

「はい。あたしは今でも信じられないんです。長治さんが、なぜ盗みなんか働いていた

のか。お金に困っているふうはなかった。家族みんな仲がよくて、悪い仲間や悪い女に引っかかったとも思えない」

「人間、誰にも闇はあるよ」

「あら。大店のお嬢さんが、知ったふうをおっしゃいますね」

　女中は笑った。

「でも、そうでしょ」

「確かにね。それでもあたしには、今でも信じられないんです」

「……わかった」

　薫は、深く頷いた。

「確か、源太郎は怪我をしていたよね？」

「ええ。しばらく起き上がれもしなかったほどの大怪我だというけれど、長治さんがそんな怪我を人に負わせるなんて、それもあたしには信じられない」

「なるほど」

　そして薫は、厨房はもういいとばかりに歩き出す。

「源太郎さんから話を聞いたりしないんですか」

「いい。卯之吉は帰っているかな」

「朝も、坊ちゃんを気にしていらっしゃいましたね。坊ちゃんは盗みの件にはなんの関わりもありませんよ？」

「あたし、それを調べに来たわけではないの。いいから卯之吉を呼んで」

薫は女中の詰め所に戻る。勝手に座り、待っていると、戸惑いながらも女中は卯之吉を連れてきてくれた。

「なんだよ。俺、菊と約束があるんだよ」

文句を言いながら現れた卯之吉は、薫がいるのを見ると慌てて逃げ出そうとする。

「待て」

薫が唸り、卯之吉は怯えたように足を止めた。

「あたしに、芽衣を返してちょうだい」

卯之吉は、そっと薫を振り返る。

八

台所で、芽衣が味噌の入った甕《かめ》を棚から下ろしていると、長治が起きてきた。

「おはようございます。ゆっくりお休みになれましたか」

「はい。いや、おはようなんて時間じゃねぇからお恥ずかしい」

「お蘭ちゃんはもう起きていますよ。お食事はいかがですか。お料理を生業《なりわい》としていらっしゃる方にお出しするのは気が引けるのですけれど」

味噌汁を作っている。具は小松菜。へっついにかけた鍋の中に味噌を溶いているところへ、お蘭が嬉しそうにやって来た。

「お父ちゃん、おはよう」

「おはよう、お蘭」

「お姉さんがごはんを作ってくれているんだよ。いい匂いだね、嬉しいね」

お蘭は、すっかり芽衣を信頼してくれたようだ。

ゆうべは、あれから朝方まで長治親子の話を聞いていた。そののち寝たため、今はもう昼過ぎである。

ふたりの話によると、長治のほうが先にこの家にいたという。長治は、今ここが空いているのを知っていて忍び込んだ。そして、お蘭が卯之吉に連れられて来た夜、娘がひとりになるのを待ってから姿を現した。思いもかけないところで親子が揃い、お蘭は肝がつぶれるほどに驚いた。

源太郎と川原で揉めて大川に落ちた長治は、実は海に流されていなかった。岸に這いあがり、夜になるまで橋の下にひそんでいたあと、ここまで歩いて来たのだ。

「とにかく体を治さなくてはね。それには、まずは食べること」

笑顔で、芽衣は長治に膳を勧める。長治は、恐縮しながら膳に着いた。

「お元気になったら、お上に本当のことをお話ししに行きましょうね」

芽衣が言うと、親子は一緒に首を振った。

「いや、そのつもりはありません」

「あたしたち、お父ちゃんの傷が癒えたら、お母ちゃんの田舎へ帰るつもりでいるんです」

「それは、卯之吉さんたちもご存じのことですか?」

「ええと……」

「内緒で江戸を離れるの? だめですよ。あんなに一生懸命になってくれる仲よしのふたりに本当のことを言わずに離れるなんて、だめ」

芽衣は、強く言い募った。

「私がいますよ。私に出来ることならなんでもしますから」

「お姉さん。なぜ、そこまであたしたちのことを考えてくださるの」

お蘭が戸惑う。

「仲よしは、ずっと一緒にいなくてはいけないんです」

芽衣はお蘭の手を取り、ぎゅっと握る。

と、そこへ、

「お蘭、ごめん」

叫びながら卯之吉と菊助が飛び込んできた。しかも、その後ろには薫がいる。

「薫さん」

嬉しくて声を上げる芽衣のもとに、薫は真っすぐやって来た。そして腰を落とし、芽衣を見据える。

「ばか」

芽衣の腕を取り、立ち上がらせようとする。

「帰るよ」

「待ってください、薫さん」

「待たない」

「いいえ待って」

芽衣は、薫の手を押さえた。

「お話を聞いてください。それからでないと、私は帰りませんよ」

毅然と言い放たれて気圧されたようで、薫は渋々、芽衣を放した。

「と、いうわけなのです」

芽衣は薫に、長治親子から聞いた話を伝えた。憮然《ぶぜん》としながらも、薫はおとなしく座っている。

隅には、卯之吉と菊助もいる。ふたりは、お蘭が見つかってしまうと焦ってやって来たところに長治がいて、まずは本当の幽霊が出たのかと怯えていた。しかし一緒に芽衣の話を聞き、今は神妙な顔でいる。

「そして、ここからが肝心な話なんですよ」

芽衣はもったいぶり、しばらくの間を取る。

「実は、長治さんが盗みを働いたというのは濡れ衣だったんです」

男の子たちが「え」と叫び声を上げた。

「嘘だろ、本当かよ」

「長治さん、なんで濡れ衣だって言わなかったんだよ」

ふたりが騒ぐと長治はうなだれ、ぼそぼそと言った。

「俺は、源太郎さんの口利きで鞆屋に雇ってもらったんですよ。恩ある源太郎さんを嘘つきにするようなことは出来なくて……」

「ということはまさか、本当の盗人は源太郎さん？」

菊助が訊ねた。長治は頷く。

「俺は、源太郎さんが盗みを働くのを見てしまったんです」

長治は驚き、さすがに咎めたのだが、源太郎はへらへら笑うだけだった。

「旦那さんも女将さんもご存じだ、許されていることだ大丈夫だ、俺がどれほどの給金をもらっていると思うんだ、小銭を盗むようなケチな真似をするわけはねぇだろう――と」

しかし、銭箱から銭が消えるのは問題になっていたし、主夫婦《あるじ》もそれを気にしていた。おかしいなと思いつつも源太郎には逆らえず、良しとしてしまったのだ。

すると翌朝、源太郎が、長治が銭箱を開けているのを見たと言い出した。長治にはやはり、源太郎に逆らうことは出来なかった。

「そういうもんじゃねぇだろ」

卯之吉が喚く。

「盗みの濡れ衣だぞ。そんなもん被《かぶ》るなよ。おまえが勝手な我慢をすることで、どれだけの人間が不幸になるかわかってんのか。お蘭と母ちゃん、俺と菊助も」

「すみません、坊ちゃん、すみません。でも結局は、女房と娘が泣くのを見て、本当にこれでいいのかと思うようになったんですよ」

そして源太郎を川原に呼び出し、皆に真実を言ってくれと掛け合ったのだが聞き入れてもらえず。結局、殴り合いになり、長治は川に落ちて源太郎は逃げて行った。怪我を負い、濡れ衣を晴らすことも出来ず、このまま帰ったら女房と娘に迷惑をかけるだけだと、ここに逃げ込んだのだった。

「源太郎さんは、盗んでいる気もなく銭箱を開けていたようです。自分あっての鞠屋なのだから鞠屋のものはすべて自分のものくらいに自惚《うぬぼ》れていた」

「ひどい話でしょう、薫さん」

芽衣が、ぷんぷんしながら薫を見た。が、薫は無表情だった。

「わかった。じゃあ、三四郎を捜しに行こう」

立ち上がり、また芽衣の腕を取る。芽衣には、すぐにわかった。

「薫さん、怒っていますね？」

「当たり前」

薫は手に、ぎゅっと力を込めた。

「ひとりでいなくならないで。あたしを心配させないで」

　下を向いたまま、芽衣と目は合わせない。けれど腕を握る強さから、せつないほどの怒りが伝わってきた。

「ごめんなさい」

　芽衣が謝ると薫は腕を放し、そのまま手をつないだ。

「でもね、薫さん。私はわかっていましたよ。薫さんは来てくれる、きっと私を捜し出してくれる。わかっていたから、安心してここにいられたんです」

「――うん。あたしも、芽衣はきっと待っているとわかっていたけれど」

「ごめんなさい、心配をかけて」

「うん。本当だよ、心配した」

　そして薫は、親子と男の子ふたり、四人の顔を見渡す。

「三四郎を呼んでくる。だからみんな、このままここにいて」

九

「源太郎が何か嘘をついているなというのはわかっていたよ」

と薫は言った。

「何日も寝込むほどの怪我をしたというのに、気に入らない料理人から包丁を取り上げて、元気に鶏をさばいていたし」

源太郎の怪我は、長治に大怪我を負わせるまで殴り続けたときに少し抵抗され、引っかかれたくらいのものでしかなかった。

実際は、長治が生きていて濡れ衣を主張し出したらと怯え、身を隠していただけなのだ。そうなったら、こっそり江戸を離れ、逃げるつもりでいた。しかし、長治は行方知れずのまま現れない。安心し、素知らぬ顔で鞠屋に顔を出したのだった。

「お駄賃もらえるよね」

鞠屋で、源太郎が捕らえられていくのを見送り、薫は三四郎に訊ねた。

「いや今回は芽衣を捜していたら、たまたま長治がいて鞠屋の件が解決したというだけで……」

「でも、あたしのおかげでしょ。源太郎の様子がおかしいし、長治は生きているかもしれないし、と気づいたから盗みの件もついでに解決できると思ったんだよ。それに——病み上がりなのに、がんばった」

「まったく薫さんの言うとおりだな」

伊織が言った。

「お駄賃」

薫は、右手を三四郎の前でひらひらと振る。結局、三四郎は薫に押し切られることになる。もらうものをもらうと、

「行くよ、芽衣」

薫は、さっさと歩き出した。

「お饅頭を奢ってあげる。芽衣が前に言っていた、一口で食べられる可愛いお饅頭」

「薫さん、無駄遣いはいけませんよ」

鞠屋の見事な庭園に見惚れていた芽衣も、後を追う。

「薫さんは、どうしてそんなにお駄賃にこだわるんだ。森野屋のお嬢さんなんだろう？」

伊織が訊ね、三四郎は首を振った。

「知らない」

「面白いよな、あのふたり」

伊織は、だらだらと歩き出した。きびきび動きたい三四郎は、このまま置いて行こう

かと思ったのだが、

「武家娘と大店の娘。ふつうなら出会いもしないふたり」

伊織のその言葉が興味深かったのもあり、足並みをそろえてやった。

「そうなんだよなあ」

「しかも、薫さんのほうが芽衣を従えているのが面白い」

「そうかな」

三四郎は、ふっと笑った。

「なんだよ」

「いや別に」

返事を濁すと、伊織はそれきり関心を示さず、だらだらと歩き続けた。

すべてが露見したあとも、源太郎は不貞腐《ふてくさ》れるだけだった。

「俺を誰だと思っているんだ。小銭だぜ？　それくらい、お江戸の花形料理人・源太郎さまがいただいたって、それは盗みにはならねぇだろう。俺が、どれほど鞠屋に儲けさせてきたと思うんだ」

窃盗は、かなりの重罪になる。十両以上の盗みであれば死罪、それほどでなくとも入れ墨をされて敲《たたき》の刑に処される。ところがこの件では、鞠屋が温情をと申し入れた。源太郎の言うとおり、鞠屋が源太郎でもっていたのは事実である。鞠屋が裏から手を回しもしたようで、源太郎は江戸から追放されるだけで終わった。京や大坂への立ち入りも禁じられたから、鞠屋のような料理屋で華やかに腕を振るう日々はもう送れない。

「納得がいくような、いかないような」

ぶつぶつ言う芽衣と並んで、薫は霊巌島町へ向かった。三人の子どもたちのその後が気になっていたからだ。

長治は無事、鞠屋の料理人として復職し、一家が江戸を離れる必要はなくなった。今も裏長屋に住んで、お蘭は卯之吉や菊助と仲よく毎日を過ごしているはずだ。

魚屋の店先から中をのぞくと、ちょうど卯之吉が飛び出してきた。

「あ、お姉さんと薫親分」

はしゃいだ声を上げる。後ろから、菊助も顔を見せた。

「どうしたんですか」

「あんたの竹とんぼ、返そうと思って」

薫は、あの日、橋の下で拾ったままになっていた竹とんぼを取り出した。

「そんなの、よかったのに」

「でも卯之吉、気に入っていると言ってたろ」

薫から竹とんぼを受け取ると、卯之吉は満面の笑みになった。

「俺たち、お蘭を誘って遊びに行くところなんです。今日は竹とんぼを飛ばそうぜ」

「そうだな」

男の子たちは、元気に駆け出して行った。ふたりを迎えるお蘭の笑顔を思い浮かべながら、薫と芽衣は魚屋を離れる。

「よかった、何もかもが元通りですね」

「うん」

「いつまでも、あのままでいられるといいですね」

「そうだね。でも、大店の跡取りと魚屋の子と料理人の娘、か」

ふたりは、少しだけ黙り込む。けれども芽衣が笑顔で言った。

「身分なんて関係ないです」

「うん。そうだよね」

薫も、ふわりと笑顔になった。

第三話　薫さん、嫁にいく

ハヤカワ文庫の最新刊

50th ハヤカワ文庫 SINCE 1970

●表示の価格は税別本体価格です。
＊価格は変更になる場合があります。
＊発売日は地域によって変わる場合があります。

6
2020

SF2283
市《まち》に虎《こ》声《せい》あらん
ディック、伝説の第一長篇。待望の文庫版
フィリップ・K・ディック／阿部重夫訳
eb6月

一九五〇年代のサンフランシスコ。テレビ販売店に勤めるハドリーの日常は、ある日狂い始める……。二十代のディックが書いた自伝的小説。

本体1500円［絶賛発売中］

SF2284
ネガ・プシの虹
宇宙英雄ローダン・シリーズ618
ダールトン&エーヴェルス／渡辺広佐訳

エルンスト・エラートはヴィールス製宇宙船を受けとり、時間塔の修道士の最後のひとりの〝石の夜間灯〟とエデンIIに向かうが……

本体700円［絶賛発売中］

SF2285
大気工場の反乱
宇宙英雄ローダン・シリーズ619
エーヴェルス&エルマー／シドラ房子訳

アトランたちは深淵のサイバーランド領で、〝深淵の技術者〟の協力を得ることに。しかし突然、外部への次元トンネルが出現した！

本体700円［18日発売］

地球防衛戦線2 アゾス鉱山救出作戦
怒濤の戦争SF、待望の第二弾
6月

ベン‐アリ中尉ひきいるドラゴン小隊は、救難信号を受信し、アゾ

一

「いいか、それを汚したのはおまえだ。だからおまえが、きれいにしなくちゃなんねぇんだ」

仙次郎《せんじろう》が言った。

大伝馬町《おおでんまちょう》にある木綿問屋・結城屋《ゆうきや》である。その井戸端で、結城屋の次男・仙次郎が、自分の嫁のお珠《たま》を意地悪く見下ろしていた。

座り込んだお珠は、深川鼠の羽織を抱きしめ、ふるえている。弁慶縞のそれの背には、べったりと泥の汚れがついていた。

「でもこれは……」

お珠は何か言いかけるものの、仙次郎の目が冷たい光を帯びると口を閉ざす。

「明日の朝までに元通りにしろ。もしも出来なかったなら――わかるな？」

脅すように言い、仙次郎はお珠のそばを離れて枝折戸の向こうの闇へ消えていった。

お珠はそれを見送ると、羽織をぎゅっと抱きしめる。

台所の水口《みずくち》の内からすべてを見ていた薫は、詰めていた息を吐き出してから庭に出た。

「また虐められていたの？」

声をかけると、お珠はびくりと肩をふるわせる。そして、こわごわこちらを見、薫の姿を確認すると、ほっと肩から力を抜いた。

「薫さん……いえ、そうじゃないんです。あたしがこれを汚してしまったから」

「違うでしょ。どうせ、あのばかが自分で汚したのをあなたに押しつけたのでしょ。もしくは、わざと汚してあなたのせいにしたか」

「いいえ、違います。そんな――違うんです。本当に、あたしが悪くて……」

「そんな嘘、あたしには通じない」

薫は井戸端まで静かに歩き、お珠のそばに立った。

「本当のことを言っていいんだよ」

薫もしゃがみ込み、お珠に目を合わせ、やさしく微笑んだ。

「あたしは、あなたの味方だ」

「薫さん……」

黒目がちな、美しいお珠の両目から、ぽろりと涙が一粒ずつ落ちる。それを、薫は指先で拭い、やさしく微笑む。お珠は頬を染め、恥ずかしげに目を伏せた。

「さ、洗ってしまおう」

「薫さん、あたし――」

「何も言わなくていい。あたしは、あなたの味方なんだから」

お珠の目から、新しい涙がぽろぽろとこぼれ落ちた。

薫は、羽織を取り上げる。そしてとりあえず、そばにある盥に放り込んでみるのだが、その先どうしたらいいのかがわからない。羽織を見る。

「水……？」

呟きながら、じっと見る。すると、お珠が可愛らしい笑い声を上げた。

「薫さん、お洗濯をしたことはないの？」

「ない」

「そうよね。薫さんがお洗濯をしている姿なんて想像もできないわ」

お珠は、少々ぽっちゃりとはしているが、かなりの美人だ。薫より五つ上の二十歳。夫の仙次郎も同い年。

ふわふわと可愛らしいお珠の様子は、芽衣と少し似ている。

今ごろ芽衣はどうしているかな――と、薫は思った。結城屋に来てから十日ほどが経つ。その数日前から芽衣とは会っていない。こんなに長く離れているのは、初めてのことだ。

芽衣は今ごろ、怒っているに違いない。芽衣には事情を何も伝えず、薫はここにやって来たのだから。

「いいから、それを洗ってしまおう」

「はい」

「まず何をするの」

「井戸から水を汲みましょう」

と言われても、水汲みの仕方も薫は知らない。結局、お珠がすべてすることになる。

お珠はまず、羽織についた泥を水でざっと落とした。そののち、用意していた手ぬぐい二枚のうち一枚を裏に当て、もう一枚を濡らして表を叩き、汚れを取っていく。

お珠は、とても大事そうに羽織を扱った。泥が落ちてきれいになってゆくのを嬉しそうに見つめる。

「洗濯が好きなんだね、お珠さんは」

　薫が言うと、お珠は、ふふっと笑った。

　そのとき薫は、背後に何かが動く気配を感じた。仙次郎が戻ってきたのかと警戒し、そっと後ろをうかがう。

　誰かが水口から台所に入っていくのが見えた。仙次郎ではない。仙次郎は痩せていて、背が低い。しかし、今のは同じく痩せてはいても背の高い男だった。

「誰……」

　薫が呟くと、お珠が顔を上げる。

「え、どうかしましたか」

「いいえ、誰かそこにいたような気がしただけ」


　そのころ芽衣は、薫が想像したとおりに怒っていた。

「そんな話、私は聞いておりません。そんな、ばかげた話」

　三四郎が脱いで渡した羽織を、畳みもせずに握りしめ、今にも引き裂きそうな形相である。三四郎は屋敷に戻ったばかりで疲れていたが、芽衣の怒りはもっともなので黙って聞いてやっていた。

　着替えを始めてすぐ、芽衣が、

『近ごろ、薫さんが、いつ訪ねて行ってもお留守なんです。兄上、何かご存じではありませんか』

と心配げに訊ねてきたので、うっかり、

『薫さんは結城屋だろう、花嫁修業で』

と答えてしまったのだ。

『花嫁修業って――なんですか』

芽衣は、大きく目を見開いた。

『いやだから、薫さんに縁談があって、相手は大伝馬町の結城屋の長男・祥太郎《しょうたろう》という男で、だがほら薫さんはなんというか、いろいろと疎《うと》いというか、大店のお内儀になるにはものを知らなすぎるというか。だからまずは修業に出向いたほうがいいのではないかということになって、それで……』

しどろもどろに言い、おそるおそる芽衣の顔をのぞき込む。

芽衣は、ぷくっと頰をふくらませていた。そして、ぷりぷりと怒り出す。

『そんな話、私は聞いておりません！』

しかも、自分は知らないのに三四郎が知っていたというのを屈辱とまで思ったらしく、とにかく怒りがおさまらない。

「薫さんは、お嫁になんか行きませんよ。岡っ引きですからね。親分ですよ。お嫁になんて行くわけがない」

意味の通らない理屈をこねながら、羽織を、ぽいと放り投げる。仕方なく三四郎が拾い、適当に畳んで横に置いた。芽衣は、

「だから、私もお嫁には行かないんです」

などと、わけのわからないことまで言い出している。結局、三四郎はひとりで着替えを終えた。逃げるように居間へ向かうと、ぶつぶつ言いながら芽衣もあとをついて来る。

居間では、ここ内藤家の当主・文太郎と久世伊織が、三四郎を待ちかねてすでに呑み始めていた。

「なんだ、芽衣は嫁に行かねぇのか？」

文太郎は、にやけて言う。真っ赤な顔で、すでにすっかり出来上がっているらしい。文太郎は酒が大好きなのだが、酒に強いとは言い難い。

「行きませんよ。だって薫さんが行かないんだもの」

「薫は嫁に行くと聞いたぞ」

「薫さんも、行きません」

芽衣は伊織の膳の前に、どすんと乱暴に腰を下ろし、かたわらの盆にある徳利を取っ

た。そして、空だった伊織の盃を勝手に満たす。

「……薫さんは、お嫁になんか行かないんです」

呟き、くちびるを尖らせる。そして、不機嫌そうに伊織を見上げた。

「伊織さん、なぜいらっしゃるんです？」

「知らん。呼ばれたから来た」

「ああ、お役目のことで話があるからと父上が呼んだのだよ」

三四郎が、箸を取りながら言った。

「何か失敗でもなさったの？　それとも、いつもだらだらしているのを怒られるのかしら」

怒りのおさまらない芽衣が意地悪を言う。伊織は、笑うだけで答えなかった。

「まあ、芽衣も薫も嫁になぞ行かんでもいいだろう」

酔っぱらった文太郎が、可愛い娘はいつまでも手元に置いておきたいというありがちな父親のわがままを口にし、

「父上、そういうものではありませんよ」

三四郎がそれを諫《いさ》め、

「あら父上、徳利が空いてしまいましたね。お酒、お酒」

芽衣はとりあえず落ち着いたのか、皆の膳に目を配り始めた。

「薫さんが嫁には行かねぇから芽衣さんも行かない——か」

伊織が、ぼそりと呟いた。

「え、なんだって？」

三四郎が訊ねると、

「ん？」

伊織は大根の煮物を口に入れながら顔を上げた。

「おまえ今、何か言ったろう」

「言ったか？」

「ああ」

伊織は、しばらく考えていたあと、

「忘れた。それより、大根旨い」

大根を噛みしめている。一度、揚げてから煮た大根だ。煮ただけのものより歯ごたえがあり、こくもあって確かに旨い。

「で、お役目のことで俺に話があるというのは何だ？」

「例の押込強盗の件なんだが」

伊織に答えつつ、三四郎はちらりと芽衣に目をやった。

このところ江戸では、十数名で商家に押し入る強盗の被害が続いている。その件について話があり、伊織を誘ったのだが、

「芽衣に聞かれると、いろいろと面倒だから、また後で」

三四郎は、こそこそと言った。

「ふうん」

伊織は盃を、ぐいと干す。

「だったら呑ませるなよ。寝るぞ」

「寝るな。寝たら起こす」

「寝る。そのまま泊まる」

「いやだめだ」

三四郎は、伊織の手から盃を取り上げた。

伊織が酔って眠り込まぬよう、見張っていなければ。芽衣が引き揚げるまで、話は待たねばならぬのだ。

二

そんなわけで薫は、結城屋で花嫁修業をしているのである。

内儀のお志満《しま》が薫を指導する。縫いものや食事づくり、それこそ洗濯など家事を躾けられるのかと思ったのだが、お志満が教えてくれるのは、

「よろしいですか薫さん。芝居見物も私たち大店の内儀にとっては、大事なたしなみのひとつです。衣装は豪華に。お弁当も豪華に。ご祝儀も豪華に。他のお店のお内儀の皆さんには負けられませんよ。ねえ薫さん、ご存じかしら、すぐそこの伊勢屋では跡継ぎの婚礼の宴に團十郎《だんじゅうろう》を呼んだのよ。しかも、そのためだけに刷らせた團十郎の錦絵を引き出物にしたのだとか。こちらも負けられません。祥太郎とあなたの婚礼では、誰もが悔しがるほどの宴を開いてみせますからね」

といった具合で、遊びのことばかり。

森野屋では、こんな馬鹿騒ぎは見られない。内儀のお美弥はおしゃべりが大好きで、あちこちのお店の内儀連中と仲がよいのだが、おいしいものを食べに行ったり、芝居を見に行くにしてもそこそこに装って楽しそうに出かけて行くくらいのものである。

結城屋の嫁になったらこんな馬鹿騒ぎにつき合わねばならぬのかと、薫は感心してい

た。なるほど、こんな世界もあるのかと。

とはいえ、朝からずっとお志満と向かい合わせに座らされ、こんなくだらない話が続くのでは退屈なだけだ。あくびをこらえていたところへ、ふらりと祥太郎が現れた。結城屋の長男、跡継ぎで、薫の許婚である。

「おっ母さん、わたしの羽織はどこかなあ、ほらあの深川鼠の弁慶縞の」

「あら、祥太郎」

お志満は、いそいそと立ち上がる。

「お羽織ですか、どこかしらね、お春《はる》なら知っているかしら」

お春、お春と女中を呼びながら行ってしまった。

祥太郎が、申し訳なさそうにこちらを見た。

「またおっ母さんがうるさく言って、悪かったね」

謝られ、薫は無言で首を横に振った。

「無理しておっ母さんの趣味につきあうことなどないのだからね」

無言で、今度は首を縦に振る。

「薫さんには興味のないものばかりだろうし」

祥太郎は薫をやさしくのぞき込み、微笑むのだが、薫は無表情のまま。

祥太郎は薫より十年上で、痩せて背の高い男だ。物腰は優雅でおだやか。いつもこうして微笑んでいる。奉公人たちの評判も良く、両親、特にお志満は祥太郎のことが可愛くて仕方がないようだ。

薫は、祥太郎とはまだきちんと話をしたことがない。だから、この男がどんな人物であるのかを見極めるのは保留にしている。

「そうだ、そういえば」

去りかけていた祥太郎が、振り向いた。

「お珠が、薫さんに助けてもらって嬉しかったと言っていたよ。また、仙次郎に意地悪されたようだね。あの娘は、はっきりとは言わないけど」

眉をひそめている。弟の嫁を心底、心配している。

薫は今度も無言のまま、こっくりと頷いた。

「ありがとうね」

祥太郎は苦笑し、背を向けた。打ち解ける様子を見せない薫を持て余したのだろう。

薫は、そこで思い出した。深川鼠の弁慶縞――祥太郎が探しに来た羽織は、お珠が洗っていたものに違いない。あれは、仙次郎のではなく祥太郎のものだったのか。

薫は首をかしげた。

しばらくそうしていたあと、それならお珠が持っているはず、と伝えるべきかと思ったのだが、すでに祥太郎もお志満もいなくなっている。だったら、追いかけてまで言う気はない。

お志満はそののち戻らず、自由になった薫は、結城屋の奥をひとりで歩いて回ることにした。

江戸の木綿問屋は、伊勢か京に本店を持つ支店が多いのだが、結城屋はここが本店である。伊勢をはじめ、あちこちの産地から木綿糸や織物を仕入れて売る。近ごろは染めも行うようになり、その色の具合がいいと評判を取ってもいるようだ。

薫の実家・森野屋と釣り合う豪商である。

女中の数も多く、忙しく働いている娘と行き会うと、皆が薫に笑顔で会釈をくれる。特に話しかけてくることはなく、ただ会釈だけなのが薫にはありがたい。

居心地のいい家だ。結城屋に嫁に来たならば、お志満の遊び癖に巻き込まれるのさえうまくかわせたら、のんびりと過ごせるに違いない。

薫は、結城屋の探検を続けた。

ひとりで歩いていると、なんだか寂しくなってきた。こんなふうにひとりなのは久しぶりのことだ。いつもは必ず芽衣が隣にいて、くだらないおしゃべりでうるさいのに。今ごろ、芽衣はどうしているだろう。どこにいるのだろう。ひとりはやはり、つまらないし寂しい。

芽衣は、蔵前の森野屋を訪れていた。

猫が気になっていたのだ。毎日、薫の住まいに通い、食べるものの世話をしたり遊んでやったりしている。

しかし、薫はなかなか帰って来ず、猫を置いているのが忍びなくなった。我が家に連れ帰っても薫は怒らないだろうと、抱きかかえて外に出たところ、森野屋の娘の百代と出くわした。

「芽衣さま」

百代は、誰もいないはずの離れから人が出てきたことにびっくりしている。

「こんにちは」

少々、気まずく思いつつ、芽衣は挨拶をした。

「猫ちゃんを――」

言い訳のように言うと、百代は「ああ」と頷いた。そののち、ふたりは無言で見つめ合う。

芽衣は、この百代という娘が苦手だった。

森野屋の娘で、芽衣とも薫とも同い年の百代。顔を合わせることもほとんどないのだが、たまに会うとなぜか、昔から、どことなく敵視されているような居心地の悪さを感じるのだ。

「では、失礼します」

芽衣は早々に頭を下げた。しかし、百代が芽衣を呼び止める。

「芽衣さまは、薫さんが今、結城屋さんへ花嫁修業に出かけていることはご存じですよね」

「はい、もちろんです」

芽衣は毅然と頷いた。

「でも、この子が気になって毎日、参っておりました。お店の方にはお話を通してありますのでお邪魔にはなっていないと思っておりましたのですけれど」

「お邪魔だなんて。芽衣さまが何もご存じなく薫さんを訪ねていらっしゃっているのならお気の毒だと思いましただけなのですけれど」

「いいえ、存じておりますので」

「それならば良いのですけれど」

　百代は、歳より少し幼く見える痩せっぽちの娘だ。顔立ちは愛らしく、ついつい守ってあげたくなるような甘い雰囲気がある。

「薫さん、あたしの代わりに結城屋さんへ行ったんです」

「え、なんですか、それは。知りませんよ、それは」

　百代の前では平然としていたかったのに、つい動揺が出てしまった。

「あたしが、知らない人のところへお嫁に行くのは嫌と泣いたら、薫さん、やさしくなぐさめてくれて自分が行くからいい、って」

　ということは、百代が泣かなかったら薫は嫁に行かずに済んだのだ。

「薫さんは、本当にやさしい」

　百代は、頬を染めて言った。

「あたしは、薫さんが大好きです」

　いや、私のほうがもっともっと好きですよ——そう言いたいのを、ぐっとこらえ、芽衣は微笑んだ。

「そうですね。薫さんは本当に素晴らしい方ですから」

三

薫は、今日も結城屋を探検していた。

一番、探ってみたいのは仙次郎・お珠夫婦の居間なのだが、そこには大概、一日中、ぐうたらろくでなしの仙次郎がいて、こっそり入り込むことはかなわない。

それでも近くをうろうろしていると、その部屋から泣き声が聞こえた気がした。立ち止まり、耳を澄ませる。やはり、中で誰かが泣いている。

薫は、迷わず障子を開けようとしたのだが、

「何をしているのかな」

耳元の声に驚き、手を下ろした。振り向くと祥太郎がいる。

「この中から泣き声が聞こえた気がしたものだから」

そう言うと、祥太郎は首をかしげた。

「おかしいな。今、ここには誰もいないはずだよ。お珠は向こうでおっ母さんの用事をしていたし、仙次郎は出かけているし」

「でも、聞こえた」

「おお怖い。昼間から幽霊かな」

祥太郎はおどけ、身をすくめてみせる。

「本当に聞こえたんだけど」

薫は、障子の向こうに耳を澄ませた。しかし、今はもう何も聞こえない。

「それよりも薫さん、今からどこかへ出かけませんか」

「出かける？　あたしと祥太郎さんが？」

「お父つぁんから、少し時間をもらってきたんですよ。どこか——どうしようかな、両国橋のほうか、浅草まで足をのばすか」

「なぜ出かけるの」

「わたしたちはもう少し親しくなったほうがいいのではないかと思ってね。許婚なのだし」

「ああ、なるほど。確かにそうだね。わかった。行こう」

すたすた歩き出すと、後ろで祥太郎は笑っている。

「面白いひとだよね、薫さんは」

自分を〝面白い〟などとは思ったこともないので、どう答えていいのかわからず、薫は黙って歩き続けた。そのまま外に出て、大川方面に向かって大通りを歩き出す。

祥太郎は、のんびり薫について来る。薫がわざと足を速めても、遅くしても、それに合わせてついて来る。

どこへ行くのか決めていなかったが、適当に両国橋を目指した。見世物小屋で軽業《かるわざ》を見たあと、祥太郎が、

「腹が減ったね。薫さんは何を食べたい?」

と訊くので、鮨と答えた。のんびりと鮨を食べながら、祥太郎は、どうでもいいような話を続けていた。たとえば、母親のお志満が遊び仲間の伊勢屋のお内儀と今まで繰り広げてきた衣装くらべについて、など。

「引き連れた若い女中を着飾らせたり、その子たちの数まで競ったり、挙句の果てには全員が花魁《おいらん》顔負けの豪華な髪飾りで頭をいっぱいにしたりね」

薫が、頷きも笑いもせず聞いていても気にならないようだ。

やがて、日も暮れてきたし帰ろうかと立ち上がり、大伝馬町への家路を辿った。

結城屋に帰り着き、奥へ続く路地に入ったところで祥太郎が立ち止まった。

「楽しかったね」

確かに、軽業は楽しかった。こくりと頷く薫を、祥太郎は手慣れた仕草で抱き寄せて、

「両国が、わたしたちの初めての逢引きの場所になったたね」

耳に声を吹き込むように囁いてくる。薫が顔をしかめながら押しやっても、祥太郎は気を悪くした様子も見せず笑うだけだ。

「薫さん、こうしてやさしくされることには慣れていないんだね。意外に可愛いひとなんだねえ」

薫は、また抱き寄せようと絡みついて来た祥太郎の手をぴしゃりと叩き、歩き出した。しかし、祥太郎はめげない。すぐに追いつき、薫の隣に並ぶ。

「また遊びに行こう。夏には花火も見に行きたいな」

「花火……」

「好きですか、花火」

「芽衣と見るのが好き」

「ああ、八丁堀のお嬢さんの——薫さんの下っ引きの」

「知ってるの？」

「薫さんのことだから知っているよ」

祥太郎は、いかにも意味ありげな目で薫を見下ろす。しかし薫は、

「ふうん」

素っ気なく唸るだけだ。

「あたし、花火は芽衣と見に行きたい」

それは絶対、譲れない。

「薫さんは本当に可愛くて、面白いひとだなあ」

声を上げて笑う祥太郎を残し、さっさと歩き出す。

と、向こうから、うつむいて歩く仙次郎がやって来た。こちらの気配に気づき、少し顔を上げるものの立ち止まりはしない。そのまますれ違って行く。

祥太郎も声をかけはしなかった。兄と弟は、互いをまるでいないもののように無視し合う。薫も、黙ってそれを見ていた。


ふたりの初めての逢引きとやらは、そんなふうに終わったのだが、実は、その姿を芽衣が見ていた。

芽衣は辛抱たまらず、ついつい結城屋まで来てしまったのだ。芽衣に黙って行ったのだから、顔を見せたらきっと薫は怒る。わかっているから、そっと様子だけうかがって帰るつもりだった。

そして、あんなものを見てしまった。

薫が、男の人に抱き寄せられていた。その男の人は薫の耳に口を寄せて何か囁き、微笑んでいた。薫はそれを撥《は》ねのけたものの、照れていたようにも見える。

あの人が薫の許婚に違いない。

薫は、あの許婚に気を許している。芽衣以外の誰にも懐《なつ》かない薫が、あのように可愛らしく娘らしい姿を男の人に見せるのなど初めてだ。これは本当に、嫁に行くつもりなのに違いない。

胸が、きりきりと痛んだ。あの許婚を好きになったのなら、それはそれでいい。しかしなぜ薫は、芽衣に何も話してくれないのだろう。芽衣の一番は薫なのに。

そのとき、芽衣の耳に「花火」という言葉が聞こえた。

『芽衣と見るのが好き』

そうっと、薫が言うのが聞こえてきたのだ。花火は、薫と芽衣、ふたりで見るもの——。

芽衣は、薫には決して気づかれぬようその場を離れた。

八丁堀の我が家への道を歩きながら、よくよく考えてみる。

薫が嫁に行こうとしている、それを芽衣は知らなかった、しかし三四郎は知っていた、何やらお役目の話をするために伊織が内藤家にやって来た——それらが意味することはなんだろう。

芽衣は、ひと足ひと足を踏みしめながら考える。薫の一番の存在として。そして、薫の下っ引きとして。

四

翌日も薫は、結城屋を探検する。薫がちょっと変わった娘であるのは、ここでも知られたことなので、家の中をうろうろしていても、特に不審がられることはない。

仙次郎とお珠夫婦の部屋が、やはりいろいろと気になっている。だから今日もつい、そちらへ足が向いてしまう。

するとまた、中からは女のすすり泣きが聞こえているのである。

薫が障子を開けると、お珠が畳にうずくまって泣き、覆いかぶさるように立つ仙次郎が嫌味を言い続けていた。ああやっぱり——と、薫は顔をしかめた。

「何をしてるの、仙次郎」

「薫さん……」

お珠が顔を上げる。

「なんだおまえ」

仙次郎は、酔っぱらい濁った目をこちらに向けた。

「何してるの、と訊いたの」

「女房を躾けているんだよ」

ふん、と仙次郎は鼻で笑う。

「躾けられなきゃならないのは、あんたのほうだろう」

薫は言い捨て、お珠に手を差しのべた。

「さ、行こう。こんな男のくだらない話を聞いてやることはないよ」

「でも薫さん」

「行くよ」

薫はお珠の手を取り、引っぱって立ち上がらせる。そのまま強引に連れ去った。仙次郎は文句を喚き散らしているが、追う気はないらしく、どさりと畳に寝そべる音が背後から聞こえた。

お珠の手を引き、ぐんぐん歩く。結城屋の奥は部屋数が二十近くもあるほどの広さで、どこへ向かうか決めないままに進んでいたのだが、

「待って、薫さん」

奥も奥、納戸の近くまで来たときに、お珠は薫の手を振りほどき立ち止まった。

「あたし、大丈夫です」

薫は、お珠をじっと見る。

「本当に？」

「ええ、大丈夫」

とは言うが、お珠の浮かべた笑顔は痛々しい。

「あのばかは、あなたに何を躾けようとしていたの」

「躾というか。今夜また出かけようとしていたから、やめてと言っただけ。そうしたら怒り出して」

「躾じゃないね。仙次郎のわがままだ」

「そう、なんですけど……」

お珠は、寂しく笑った。

「あなたが仙次郎を大事に思っているのなら申し訳ないけど、あたしは、ああいう男は大嫌いだ」

薫がきっぱり言うと、お珠の笑みは苦く歪む。

仙次郎は、いけすかない男だ。女を、しかも自分の女房をいじめる弱い男。そういう男——いやそういう人間が、薫は大嫌いだ。

お珠は、芝田町《しばたちょう》の薬問屋・伊達屋《だてや》の跡継ぎ娘であった。仙次郎は、まずは伊達屋に婿入りしたのである。

ところが、あまりの素行の悪さにお珠の両親が怒り、仙次郎を追い出した。離縁させるつもりだったのだが、仙次郎は聞き入れず、結城屋に戻された仙次郎に、なぜかお珠もついて来た。以来、夫婦で結城屋に居候をしている。

「結婚したばかりのころは、ここまでではなかったのですけれど」

「でも、伊達屋さんから追い出されるほどの悪行三昧だったのでしょ」

「そうですね……お酒と女遊びでしたけど、毎晩、家にいなかった。あたしの両親は真面目で厳格な人たちで、どうしても許すことが出来なくなって」

「許せないほどのことって、何」

「博打です。負けが込んで、お店のお金を使いこんだ」

「クズだね」

「でも、仙次郎さんには仙次郎さんなりの理由があって荒れていたのだと思うんです。それなのに、あたしも口を出し過ぎているのかもしれません」

お珠は、きゅっと口許を引きしめた。

「とにかく、あたしは大丈夫。ありがとう、薫さん。仙次郎さんを止めてくれて嬉しかった」

そう言うと薫に背を向け、さっと走り去ってしまう。

残された薫は、お珠の背をじっと見つめ、しばらくその場に立ちつくしていた。


その日の真夜中、薫は眠れず、布団の中で目を開けていた。

やさしくおだやかな兄・祥太郎と、クズなダメ男の弟・仙次郎。祥太郎の妻の座は浄土だが、仙次郎の妻では地獄だな——などと思っていたとき、外で、かすかに何かが動く気配がした。

薫は、そっと起き上がる。

人だ。誰かが、こんな真夜中に起きて動いている。おそらく、外へ出てどこかへ行こうとしている——。

寝床から這い出し、そっと障子を開けた。今日は月がきれいだ。ちょうど今、夜空の、ここからよく見える場所に上がっている。大きくて丸く、どんな秘密でもさらけ出してしまいそうなほど明るく輝いている。

薫は、音が聞こえたほうへと向かった。

人の気配を手繰り寄せていくと、台所に行き着いた。水口から出たところ、井戸端に、人がいる。薫としては、意外な場所だった。誰かがどこかへ出かけようとしているのに違いないと思っていたからだ。

それでも誰がいるのかが気になり、水口の陰にそっと身をひそめた。外をのぞくと、井戸端にいたのもまた意外な人物だった。

「……いいんです」

と、お珠が泣く。

「よくはない。よいわけがない」

お珠の背後に立ち、そっと言うのは祥太郎だ。

「あたしは大丈夫。大丈夫なんですから」

「おまえがそう言って笑うと、わたしの心配は募るだけなんだよ」

「――いけません」

「何がいけないの」

「何もかも。何もかもが、いけないいんです」

「〝何もかも〟とは何」

「だから――あたしたちがこうして、こんな時間に、こんなところに……」

「ここにいるだけで、何もしていないよ」

祥太郎は真顔で言った。

「いけません」

「だから、何がいけないの」

「あたしは仙次郎さんの妻で、あなたは薫さんの許婚で」

「うん。そうだね」

「いけない……いけないの、こんなこと」

「わたしは泣いている義妹《いもうと》をなぐさめているだけだ」

「……祥太郎さん」

お珠は祥太郎を振り向き、少し離れてから涙に濡れた目で見上げた。

祥太郎はお珠に触れていない。お珠は祥太郎から距離を置いている。それでもふたりは、しっかりと視線を絡ませ合う。おだやかに、けれどとても熱心に。

色恋に疎い薫にも、さすがに察せられるものがある。見てはいけないものを見てしまっているような居心地の悪さを感じていた。

まさかこんなものを目にするとは思わなかった。夜中に動く人の気配を追いかければ見られると思っていたのは、こういうものではなかったのに。

これは薫が見ていいものではないし、薫には関係のないことだ。ふたりに気づかれぬよう、そっと水口から離れ、自分の寝間まで足音を忍ばせて戻った。

寝床にもぐり込んでも結局また眠れない。今、見てきたものが頭に浮かんで消えないのだ。

本当に、義兄《あに》が義妹をなぐさめていただけならばいいのだが、実は出来ているなどということであれば——。密通が人に知れたらお裁きをうける。

「芽衣が知ったら大騒ぎしそうだな」

床の中、ふっと薫は微笑んだ。

芽衣の顔が思い浮かぶと、それだけで気持ちが安らぐ。不思議なもので、井戸端で見た光景は簡単に消え去り、薫はすぐに眠ってしまった。

どれほど眠っていたことか——目覚めると目の前に祥太郎の顔があった。

「おはよう、薫さん」

さすがに、ぎょっとしたのだが、薫はそれを顔には出さない。

「おはよう」

「見たよね」

祥太郎は微笑んでいる。

「わたしとお珠。夜中に、井戸端で、見たよね」

祥太郎は寝床の横に座っているのだが、首を伸ばすようにして薫をのぞき込んでいるのが不気味だ。とはいえ、薫が動じることはない。

「見ていない」

知らないふりを通したほうがよい。芽衣ならおせっかいを焼き、ふたりの仲に切り込んで話を聞こうとするだろうが、薫には荷が重い。色恋沙汰は手に余る。

しかし、祥太郎は信じてくれなかったようだ。

「何を」

「誰にも言わないでね」

「だから何も見ていないよ」

「薫さんはやさしいから、お珠を悲しいめにあわせたりなどしないよね」

祥太郎は微笑みを絶やさないまま、す、と身を引き立ち上がる。出て行くのかと思うと、振り向いた。

「わたしのお嫁さんが薫さんで、よかった。あの娘から薫さんに代わったと聞いたとき、正直、困ったなと思ったんだ。薫さんは賢そうだから騙せないな、と。でも、賢くてやさしい薫さんだからこそ、きっと秘密を守ってくれる。薫さんでよかったよ」

向けられたのは、いつもと変わらない祥太郎の笑み。しかし、あまりに胡散臭く、いけすかない。薫は身を起こし、それを真っすぐに受けた。

「あたしを脅さなくてもいいよ。誰にも何も言わない。あんたの秘密なんて、あたしにはどうでもいいことだから」

祥太郎は、微笑んだまま薫を見つめる。何も言わずに、ただ見つめる。そして、

「やっぱり面白いなあ、薫さんは」

笑顔のまま行ってしまった。

なんだか面倒なことになってきたようだ。やはり芽衣に黙って来たのは失敗だったろうか。

『ほらね。薫さんには私がいなくてはだめなの』

誇らしげに、しかし可愛らしく笑う芽衣が目に浮かぶ。

癒されて、気持ちが落ち着き、また眠気が訪れた。とりあえず二度寝する。寝不足で、まだ眠い。

五

結城屋との縁談を持ち込まれたとき、百代は、まだお嫁になど行きたくないと泣いて嫌がった。

薫は、初めはそれを遠目に見ていたのだが、ある日、自分が代わりに嫁に行ってもいいと言いに行ったのだ。すると百代は、今度は泣いて喜び、薫に抱きつき、

「ありがとう、薫さん。薫さんは本当にやさしい。薫さんはご存じないでしょうけれど、あたしは薫さんが大好きなのよ」

頬を染め、ふんわりと笑った。

「お嫁に行っても、あたしと仲よくしてくださいね。あたしたち、おっ母さんが違うといえども姉妹なんですもの」

あの日の百代とのやり取りを思い出しつつ、薫は、お志満の話を聞き流していた。

今日、お志満が延々と続けているのは、明日、自分が催す予定のかるた会で客をどんな料理でもてなすか、の話である。薫は顔を出す必要はないというし、興味もないのでどうでもいい。

それより祥太郎である。お珠との密通もどきが気になるのはもちろんなのだが、百代

を嫁にもらおうとした理由がわかってしまい、それがなんとも気に食わない。

祥太郎は百代を簡単に騙せる女と見くびって、予定通りにあの娘をもらっていたならば、お珠と秘密の関係を続けていかれると思っていたわけだ。

百代が言っていたとおり、薫と百代は母の違う姉妹である。

歳はおなじ十五。生まれたのは百代のほうが早く、一応あちらが姉になる。

しかし、ふわふわとしたのんき者の百代を姉と思うのは難しい。妹のようなものと見てはいるが、特に仲がよいわけではない。それでも薫としては、祥太郎が百代を見下していたというのがどうも気に食わないのだった。

お志満の話はまだ続いている。そこへ祥太郎が現れた。

「おっ母さん」

お志満に呼びかけ、

「おや、薫さんもいらっしゃいましたか」

薫に向けられるのは、いつもの祥太郎らしい笑みである。

「今夜、出かけることになってしまったのだけれど、いいかなあ、おっ母さん」

町内の、大店から小さな店までの若旦那連中が集まり、呑んで騒ぐ会があるという。

祥太郎も時折、参加している。

「もちろんですよ――って、あらいやだ。これからは、あたしではなく薫さんに許可をもらわなくては」

「ああ、そうだった。――いいかな、薫さん」

「どうぞ、ご自由に」

頬を緩めもせず、薫は答えた。

「でも祥太郎」

お志満が厳しく言った。

「近ごろはいろいろと物騒なようですからね。あまり遅くならないようにね」

「ああ、例の押し込み強盗ですね」

祥太郎は頷く。

「はい、おっ母さん。なるべく早く帰るようにしますよ」

するとお志満が珍しく神妙な顔になった。

「仙次郎にも気をつけるように言っているのですけどね。あの子、聞きやしない。あの子が夜、出かける日によく押し込み強盗が起きるのよ。どこかで強盗と行き会ったりしたら――」

「もしくは、あいつが――」

「祥太郎」

　お志満は、ぴしりと祥太郎の言葉を封じた。

　このところ江戸では、十数名で商家に押し入る強盗の被害が続いている。夜遅くに戸口を叩かれ、うっかり応じて開けてしまうと、あっという間に押し入られて店中を荒らされ、蔵にまで踏み込まれる。去ってゆくのもあっという間で、助けを求める余裕もない。

　これほど被害が続いているのだから皆が警戒してても良さそうなものなのだが、戸口で掛けられるのが、いかにも親しげな、

『ああこんばんは、わたしだよ、わたし。夜分に悪いねえ。今からじゃもう木戸も閉まっちまってるだろ。こちらが近いと思い出してね』

などという言葉なものだから、聞き覚えのある声のような気がしてくる。しかも、店の主や家族の名をさらりと出すのだ、誰もがうっかり騙されてしまう。

　三四郎たちが追っているのが、この件である。そのことを、薫ももちろん知っている。

　薫は、出かけようとしている祥太郎を大通りへ出る路地の途中で捉えた。

「おや、なんだい。わたしが出かけてしまうと寂しいの？」

「そんなわけはない」

ふん、と薫は鼻で笑った。

「では、なんだい？」

「あのね、本当にお珠さんを可哀相と思うのなら、仙次郎をなんとかしたらどうかと思ったんだ。お珠さんをいじめないように諭すとか。それを伝えに来た」

「唐突だな」

いけすかない男だと祥太郎に眉をひそめながらも、薫は考えていたのである。祥太郎とお珠の秘密を知ったら、芽衣ならどうするだろうか、と。

薫が、答えを促すようにじっと見つめると、祥太郎は苦笑する。

「昔から、わたしは弟には嫌われているからね。わたしの言うことなぞ聞くわけはないよ」

「兄弟仲は悪いのか」

「よくある話だ。出来のいい兄貴にダメな弟。親父もお袋もわたしをうるさいくらい自慢してまわったものだから、仙次郎は、ひねくれて育った」

「ふーん」

薫は唸る。

「そうか、なるほど、わかった」

そして祥太郎に背を向ける。

「おい、それだけなのか」

「うん。もういい。あんたが仙次郎に何も言う気がないというなら、仕方のないこと」

これでいい。

いろいろと考えた末、芽衣が祥太郎に対して言いそうなことを意見してみたのだ。これだけでも、芽衣は褒めてくれるだろう。

もっと言えば、芽衣ならおそらく、このままにはしない。さらなるおせっかいを焼きはじめるに違いないのだが、薫にはそこまで出来ない。というか、そこまでする気はない。

これでいいのだ。

祥太郎が出かけてしまうと、日暮れがすぐに訪れた。

女中が夕餉がどうのと言ってきたが、特に空腹ではなかったので「いらない」と言い捨て、薫は探検をすることにした。

向かうのは、お珠たち夫婦の居間である。今日は誰もいないといいのだが。

しかし、そうはいかなかった。また、中からお珠の押し殺した泣き声が聞こえる。仙次郎が今日もお珠を泣かせているのに違いない。まったく、ろくでなしにも程がある。

薫は、ためらうことなく障子を開けた。

「また泣かせているの？」

中には、畳に臥して泣くお珠と、羽織を着こみ出かける姿の仙次郎がいた。仙次郎は、お珠を蹴り飛ばそうとしているところのようで、足を不自然に振り上げていた。

「なんだおまえ」

慌てて、その足を降ろす。

「また来たのか。うるせぇ、失せろ」

「また躾だとか言うつもり？」

「躾だよ。出かけると言ったら、うるさく愚痴愚痴と文句を言いやがる」

「いいえ、仙次郎さん、文句ではないの。お願い、出かけないでください。お願いします」

お珠が顔を上げて訴えた。

「文句ではなく、お願いのようだよ」

薫は、仙次郎に言う。

「うるせぇ。俺は出かけるんだよ。何がいけねぇんだ」

「と、訊いているよ。なぜ出かけてはいけないの？」

今度は、お珠に訊ねる。

「行ってはいけないんです。だめ。行ってはいけない……」

お珠は、そう繰り返すだけ。それでは薫には、どうしたものかの判断がつけられない。

「困ったねえ」

ため息をつく薫を、仙次郎は、ばかにしたように見下ろした。そして何も言わずに居間を出て行く。

「行ってしまったよ」

薫はひざまずき、お珠の背を撫でた。

「行ってしまった……」

お珠は、涙まじりに呟く。

「どうして行かせたくなかったの？　押し込み強盗が続いていて物騒だからかな」

お珠は、やはり答えない。

「困ったな。あたしは、あなたの味方だと言ったでしょう」

「はい……」

「言えない？」

「ごめんなさい」

　お珠は身を縮めた。

「あんな男のために泣くなんて、愚かなことだよ」

　お珠は振り向き、涙にぬれた目で薫を見上げた。

「薫さん……」

　呟きながら、身をもたせかけてくる。薫はそれを受け止め、抱きしめてやった。

「ありがとう、薫さん。そう言ってもらえて嬉しいんです。でも言えない」

　と、むせび泣くのだ。

　薫は、ただやさしくお珠を抱きしめる。他に出来ることなど何もないのはわかっているし、実を言えばお珠が何を憂えているのか、想像がついてもいるのだった。

　それはおそらく、薫が疑いを持っているのと同じことに違いない。

『いいかい、薫さん。決して、危ないことをしてはいけないよ』

　薫は、三四郎にそう諭された上で結城屋に来ている。

『危ないことって何』

『不用意に誰かを問いつめるとか、真夜中に誰かを追って外に出るとか、だ』

『でも三四郎、真夜中だろうが昼間だろうが、疑わしいものを見つけたならすぐに追いかけなくては』

『いや、いい。追いかけるな。わたしに知らせるだけでいい。あとはこちらが動くから。……不満げな顔をしているな』

『別に』

『いいか、わたしの言うことを守らなかったら、この件が解決したとしてもお駄賃はなしだ』

とまで言われてしまったので、薫は三四郎の言いつけを守り、結城屋の中をうろうろしたり、真夜中に聞きつけた不審な物音を探るだけで良しとしている。

いや、良しとしなければならないと自分に言い聞かせている。お駄賃をもらえなくなってはいけない。

そしてその日の真夜中、薫はまた人の気配を感じて目を覚ました。

寝床を出て、障子の近くまで這って行く。障子を開けると、裏庭に面した濡れ縁がある。おそらく、そこに誰かがいる。のぞき見ていることが知れぬよう、障子をほんのわずかだけ開いた。

息をひそめ、見つめる先には人がふたりいた。裏庭の隅にある門は横町に通じており、ふたりはそこから入って来たようだ。

祥太郎と仙次郎。

何か言い争いをしている。薫は耳を澄ませた。

「羽織」

と聞こえた気がする。

羽織、で思い出すのは、いつかの夜にお珠が洗わされていた祥太郎の羽織だ。

「俺が拾ったんだよ、あれは」

「それはいい。だがなぜお珠に洗わせたんだ」

「帰ったらあいつが起きていて、それはなんだと責めるからだよ。いいから洗え、おまえが汚したことにして洗え、と言った」

「夜に洗濯などさせて、何をしたかったんだ」

「おまえ、わかってるのか？　俺は、おまえの羽織を拾ってきてやったんだ」

「それがなんだ？」

「おい、本当にわかっていねぇのか」

「何を言いたいんだ、おまえは」

「だから――あの夜、押し込み強盗があって、俺は逃げていくあいつらを見て、そのあと羽織を拾って」

「おまえが何を言いたいのかわからない」

祥太郎は首をかしげている。

ふたりの話を盗み聞きしている薫も、首をかしげつつ唸っていた。薫が思っていたのとは違うほうへ、話が向かっているのである。

「とにかく、お珠をいじめるな。これ以上、あの娘をいじめるのは許さない」

祥太郎の言葉に、仙次郎は鼻先をふるわせて笑った。

「おまえ、やっとそれを言ったな」

「〝それ〟とはなんだ」

「俺が何も見ていないなどとは思うなよ。おまえとお珠――俺は知っている。俺だって気づいているんだ。でもおまえはいつも涼しい顔をして、知らんぷり。お珠もけなげに俺に従うだけで知らんぷり」

「なんのことだ」

「だから、おまえとお珠――」

「なんだか知らないが、わたしは薫さんに怒られたんだ。なぜ、お珠をいじめるなとおまえに言わないのか、と。だからおまえを諭している」

「薫さん、だと？」

「あのひとはわたしの許婚だ。あのひとの言うことにはしたがわなくてはね。わたしはおまえと違って、妻を大事にしたい男なんだよ」

祥太郎は、にやりと笑った。

「おまえ――」

呟き、仙次郎は悔しげに顔を歪める。

「絶対に本音を言わねえ。いつも、へらへらへらへら笑いやがって。俺はおまえが嫌いだよ」

「知っている」

「でも、お珠は俺のもんだからな」

「そうだね、おまえの妻だ」

「おまえはお珠を手に入れられない」

「いらないよ、わたしには薫さんがいるから」

「嘘をつくな。ごまかすな」

「わけのわからないことを言うね、おまえは」

　いかにも兄らしく、手のかかる可愛い弟を見るような目を仙次郎に向けているが、反《へ》吐《ど》が出そうなほどに胡散臭い。

「——知るかっ」

　土に吐き捨てるように言い、仙次郎は走り去る。残された祥太郎は、しばらくその場に残っていたが、やがて家の中に引き揚げていった。

六

「今日は結城屋へ行く用があるんだが——芽衣、ついて来るか？　薫さんの下っ引きとしてなら連れていくことが出来るぞ」

　朝の支度をしながら、三四郎は芽衣に訊ねた。飛びついて来るかと思ったのだが、芽衣は首を振る。

「参りません。何かお役目のことでお出かけなのでしょう？　お邪魔になりますもの」

　無理をしているふうではない。三四郎の着替えの手伝いを終えると、芽衣は手早く辺りを片づけ、行ってしまった。

芽衣について来て、そばでおとなしくしていた薫の猫が、その場に残り無表情に三四郎を見上げている。

「おい、猫。芽衣はどうしたのかね」

近ごろ、芽衣の様子は妙なのである。薫が黙って花嫁修業に行ってしまったことをあれほど怒っていたのに、まるでそれを忘れてしまったかのように静か。

猫は三四郎に答えない。ふん、と鼻を鳴らすような腹立たしい仕草をしてみせると、優雅に去ってゆく。

芽衣は芽衣なりに、何か思うところがあるのだろうか。意外に侮れない娘なのだ、三四郎の大事な大事な妹は。

そして三四郎は、結城屋に薫を訪ねた。

薫が三四郎の手先であるのは結城屋でも知られており、御用の筋なのだろうと興味津々の顔で、店の者たちは薫の居間に通してくれた。

「ゆうべ、また被害が出た。聞いたか？」

「うん。聞いた」

「今度は餅屋だ。夫婦と娘だけの小さな店で、さして繁盛しているわけでもないのに押し入って、荒らしまくっていきやがった」

「本当に、いけすかない賊だね。頭は何やら格好つけて名乗っているんだよね」

「菊弁天《きくべんてん》の猪助《いすけ》。イノシシに助けるで〝いすけ〟だと自慢している」

「菊で弁天でイノシシ。何が自慢なんだか」

　薫は顔をしかめた。

「で、どうだ？　ゆうべ、奴は」

「出かけていたよ」

「そうか、やはり——かな」

「でも、うーん……わからない」

　薫は珍しく困惑顔を見せた。

「何が、どうわからないんだ」

　薫は相変わらずの薫なので、それに答えることはない。放っておいて、薫が何か答えを出すまで待つしかない。薫が〝わからない〟で終わるわけがないと三四郎は信じている。

「答えが出たら、すぐにわたしを呼びなさい」

言い置いて立ち上がろうとすると、薫が訊ねた。

「芽衣はどうしている？」

「元気だよ」

三四郎は微笑み、答えた。

「ふうん」

「元気だから、心配するな。本当に、奇妙なくらいに元気だからね」

「わかった」

薫は、こくりと頷いた。その様子はどこか頼りなく寂しげで、三四郎は、早く何もかもが片づいてしまえばいいのにと苦笑した。

七

「薫さんが、本当に結城屋に輿入《こしい》れしていらっしゃる日が待ち遠しいです」

頰を染めながら言うと、お珠はこし餡の饅頭を小さな可愛らしい口でほおばった。

芽衣が教えてくれた、うまい店の饅頭をふたりで求めに行き、今はのんびりとお珠たち夫婦の居間で食べている。

お珠は、すっかり薫に懐いてしまった。薫としては、とても不思議な気分である。お珠にとって、薫は恋敵なのではないだろうか。不義であっても、祥太郎とお珠は想い合っている同士なのだから。ところが、お珠のまなざしから薫への妬みや恨みなどは、まったく感じられないのだ。

「わたし、本当に楽しみにしているんです。だからあの、薫さん本当に、祥太郎さんのお嫁さんとして結城屋にいらっしゃるのよね？」

お珠は、横目で薫を見た。

「え」

「八丁堀の同心の方がいらしてましたよね。何かお役目のことだったのでしょうか。薫さんはお嫁さんになるのだから、もう岡っ引きのお仕事はおやめになるのでしょ」

「いや、それは」

「結城屋のお嫁さんが岡っ引きだなんておかしいです」

「そうかな」

「あの旦那、何をしにいらしたの？」

「あれは――三四郎は、あたしの仲よしの芽衣のお兄さんだから、あたしがどうしているか気にかけてくれて様子を見に来ただけで」

「芽衣さま——薫さんの下っ引きの」

お珠も、芽衣のことを知っている。薫と芽衣は、なかなか有名なふたりになってきているようだ。

「芽衣さまがお兄さまにお願いして、のことなのでしょうか。本当に仲よしなのですね。でも、こちらにお嫁にいらしたら、今までのようにはいかなくなると思いますよ。芽衣さまはいつかきっと、家格に釣り合う武家にお嫁にいらっしゃるでしょ。薫さんは、商家のお内儀。立場が違って会えなくなる」

「芽衣はお嫁になんか行かない」

薫の口から、思わず厳しい声が出た。お珠は、はっと口を閉ざす。そののち、しどろもどろに言い訳を始めた。

「ごめんなさい、そうじゃないの、あたしが話したかったのは、仙次郎さんのことなの」

お珠の泣きそうな顔を見て、薫は、苛立ってしまった自分を恥じた。

「あたしこそ、ごめん。で、仙次郎がどうしたの。また何か悪さをした?」

「いいえ、そうじゃなくて。あの、あたし思ったのですけれど、薫さんが結城屋にいらしたのは、まさか――まさか、あの、本当は仙次郎さんのことで――輿入れするつもりは実はなくて、などということはありませんよね？」

「どういう意味かな」

落ちついて、薫は訊ねた。

「ゆうべ、またあの弁天なんとかいう強盗が出ましたよね。仙次郎さんは、ゆうべ、また出かけていた」

「うん」

「あたし――」

「仙次郎を疑っている？」

「あたし……」

言いよどむお珠に、薫は訊ねた。

「ねえ、祥太郎さんはゆうべ、出かけていたかな、いなかったかな」

「え、祥太郎さんですか」

「うん。気にしていたけどわからなかったの」

「なぜ、祥太郎さんを気にしていらしたの？」

と、そこへ女中がやって来た。

「薫さん、八丁堀の旦那がおみえですよ」

薫は立ち上がり、お珠を振り向きもせず三四郎が待つ部屋へと向かった。


「明後日の夜だ」

大通りへ出る路地の入り口で待っていた三四郎は、そう言った。

「明後日」

「源五郎《げんごろう》が、やっとつなぎをつけられたんだ」

源五郎は、三四郎の父・文太郎の使う岡っ引きである。

「そうか、源五郎か」

薫は、くちびるを尖らせる。悔しかったのだ。

「あたしのここでの働きより、源五郎が役に立ったのか」

「いや、薫さんがいろいろと情報を流してくれたのも役に立っているよ」

「嘘だ。あたし、今回はなんの役にも立っていない。——でもいいや。で、あたしはどうすればいいの」

「伊織が迎えに来るから一緒においで」

「よかった。仲間はずれじゃないんだね」

「さすがに、そんなことはしないよ。ここで蚊帳《かや》の外にしたら薫さん――」

「暴れてやる」

「だよな」

三四郎は苦笑した。

八

「ああ、わたしだけどね」

戸口の外で声がした。

夜四つ過ぎの上野《うえの》池之端《いけのはた》。袋物を商う尾張屋《おわりや》である。

「へえ。どなたさんで」

店の者が応えると、

「わたしだよ、わたし。夜分に悪いね。時太郎《ときたろう》さんを呼んでくれないかな、約束をしてあるんだ」

尾張屋の跡継ぎの名を口にする。

「時太郎さんですか、はい、ちょいとお待ちを」

店の者は一旦、引っ込み、時太郎を連れて来た。

「わたしだよ」

戸の内で、時太郎が応える。

「約束などしてあったかなあ、まあいいよ、ちょいと待ってな、すぐに開けるから」

そして戸を開けると――。

「すごいね」

薫は、開いた戸を壊さんばかりの勢いでなだれ込んでゆく強盗たちを、じっと見ていた。

「いつもまったく同じ手口で来る。そして疑いもせず騙される人がいる」

「疑いもせずってことはなかったろうよ。疑いはするものの、まさか我が身にそんなことが起こるわけはないと甘く見ていた奴らが引っかかるんだ」

伊織が言う。

ふたりは、尾張屋の隣の足袋屋の店先にある天水桶《てんすいおけ》の陰から押し込み強盗が行われている様子を見ていた。いや、尾張屋に押し入った強盗たちが、待ち受けていた八丁堀たちに捕らえられてゆく様子を、だ。

「あんた、こっちにいていいの？　向こうで捕り物に加わりたくないの？」

のんきに薫と共に身をひそめている伊織に、薫は眉をひそめる。

「めんどくせぇ」

伊織は、あくびをしながら立ち上がった。

「八丁堀同心ってのは、ふだんはまあいいんだが、時折こんなふうにこんな時間にまで働かされるのがなあ。——終わったようだぞ、あんたも行くだろ、薫さん」

薫も、黙ったまま立ち上がる。

「さあ、強盗の中には誰がいるのかね。俺たちが最初に疑った仙次郎か。途中から疑わしくなった祥太郎か」

伊織は薫を振り向いた。

「行くぞ」

薫が結城屋へ花嫁修業と称して出向いたのは実は、仙次郎の身辺を探るためであった。同心たちが押し込み強盗の被害に遭った店について細かいことまで調べてみたところ、仙次郎の名が浮上した。ほとんどが、仙次郎の遊び仲間がいたり、仙次郎が手を出した女がいたりするのだ。

仙次郎が菊弁天の猪助の正体、などということはさすがにないだろうが、一味のひとりなのではないかとの疑いが持たれた。

そのころちょうど、結城屋から百代への縁談が持ち込まれた。百代が嫌がらなければ、妹として姉に付き添うという体《てい》で薫が結城屋に乗りこむことになっていたのだが、話は都合よく転がっていったのだった。

お珠が羽織を洗わされていた夜も、押し込み強盗が起きていた。薫はてっきり、羽織は仙次郎のもので強盗に加わったときに汚れたのをお珠に洗わせたのだと思っていたが、実は祥太郎のものだと知ったとき、違和感を覚えた。

そして真夜中の裏庭で兄弟の会話を盗み聞きすると、わけがわからなくなってしまった。強盗と関わりがあるのは、仙次郎ではなく祥太郎——？

そして今、薫にとっては腹立たしいことだが、他の岡っ引きの働きで菊弁天の猪助一味が捕らわれようとしている。

さて、その中にいるのは祥太郎なのか、仙次郎なのか——。

九

「ああ、やっぱり我が家が一番いいね」

薫は、縁でごろりと横になった。

薫が頭を打ちつけないよう、すかさず芽衣が膝で受ける。芽衣の膝枕で、薫はのんびり目を閉じた。

「薫さん、わかってますか」

「何を」

「私が怒っていることです」

「うん、まあ」

「まあ、って何ですか、まあ、って。どうして私に黙って行ってしまったの」

「言えば、芽衣も一緒に来ると言い出したでしょ。でも岡っ引きのあたしが下っ引きの芽衣を連れて乗り込むわけにはいかない。怪しすぎる」

「それは、そうですけど」

「芽衣なら、あたしが本当に嫁に行く気でいるわけがないこと、すぐに気づいてくれると思っていたし」

薫はまぶたを開け、真っすぐに芽衣を見上げる。澄んだ、静かなまなざしだ。ただひたすらに芽衣を信用している目。芽衣は黙り込むしかない。

「当然ですよ」

つん、と芽衣は鼻を上向け、うそぶいた。はじめ、かなりやきもきと気を揉んだことは内緒だ。

「私は薫さんの下っ引きで、薫さんの生涯一番の仲よしなんですから」

「うん。そうだよね。だから芽衣がそばにいなくてずっとつまらなかったし、寂しかった」

「――私もです」

「でも、もう帰ってきたから」

「そうですね。もう寂しくない」

「うん」

薫はまた目を閉じる。芽衣の隣で猫も、我が家に戻って嬉しそうな顔をして、くつろいでいる。

「結城屋さんは、どうなるのでしょう」

「うーん、結城屋が、というか祥太郎と仙次郎とお珠はどうするのか、だよね」

「はい」

「どうするのかなあ、まあ、あたしには関係のないことだけど。でも……」

「お珠さんのことは気になりますか」

「そうだね。気になる」

「ああ、そうですか」

そっけなく芽衣は答え、薫はわけがわからず首をかしげる。しばらく見つめ合っていたものの、すぐにどちらも、まあいいかという気になって、

「おなかがすいてきた」

「母上が持たせてくださったお餡がありますよ。召し上がりますか」

「うん、食べる。でももう少し寝る」

のんびりした気持ちになる。

「それにしても、せっかく薫さんが結城屋に出向いたのもなんの意味もなかったようで、それは少し悔しいですね」

「うん。結局、源五郎が手柄を持っていっちゃった」

「お駄賃はいただけたのでしょ」

「当然。値切られそうになったけど、もぎとったよ」

「兄上も、ご自分の懐から用意してくださるのだから出来れば安くしたいのですよね。見習い同心ですもの」

「三四郎なんか女にも遊びにも銭を使う予定がないんだから、いいんだよ」

「それは確かにそうですけれど」

芽衣は苦笑する。ゆらゆらとあたたかく、ふたりの時間が流れてゆく。


菊弁天の猪助一味が捕らわれた、あの夜のこと。

薫は息を殺し、捕り物のすべてが終わるのを待っていた。

「もういいかな」

そわそわと様子をうかがう。

「まあ、もう少し待て」

隣で伊織があくびまじりに唸る。

「そんなこと言って、あんた、このまま隠れていて最後に適当に顔を出して帰るつもりじゃないでしょうね」

「違うさ。まだ本当に危ないから」

伊織は薫の腕を摑み、天水桶の陰に隠れさせる。確かにまだ一味のすべてが捕らわれたわけではなく、逃げる男を同心の手先が追いかけている。

騒ぎがおさまるまで、薫は待った。

「もういいかな」

「よし」

伊織の許しが出て、ふたりは天水桶の陰から出る。

「お、ご苦労だったな、薫」

文太郎が薫を見つけ、ねぎらってくれた。

「うん。それで、一味は？」

「あちらに集めたよ。三四郎が張りきっている。まったく、頼りがいのある息子に育って来たなあ」

感慨深げな文太郎はその場に置き、薫は三四郎のもとへと走った。

「薫さん。おとなしくしていて偉かったね。伊織はどうした？」

「知らない」

薫は、捕らわれた一味の顔を見渡した。祥太郎がいるのか、仙次郎がいるのか——。

ところが、

「どちらもいないな」

三四郎が、情けなく笑う。

「……いない」

「どうやら、結城屋の兄弟はこの件にはまったく関わりがなかったようだ」

薫は、それでも一味の顔をもう一度、見渡した。やはりいない。

「なんというか、結城屋のためにもお珠のためにも、まあ、よかったよな」

「うん。でも、あたしのためには——なんだったんだろう」

こんなこともあるさ。

三四郎は、そう慰めてくれた。お駄賃も、値切られそうにはなったが、くれた。薫としても、結城屋にもお珠にも災いが降りかかることにはならずよかった、と心から思う。

しかし、芽衣と離れて寂しい思いをしてまで結城屋に潜入したのに、なんだったのだろう、と情けなくはなる。手柄も他人のものになってしまった。

もうここにいる意味はない。さっさと帰り支度をし、その足で、暇《いとま》を告げようと内儀のお志満をさがした。しかし、見つかったのは祥太郎だった。

「帰るの？」

ぼんやりと縁に立ち、庭を見つめていた祥太郎は、振り向きもせずに言った。

「帰る」

「わたしのお嫁さんにはなってくれないの？」

祥太郎は振り向き、迷子の猫のような目で薫を見た。

「ならないよ」

「本当に、押し込み強盗の探索のためにわたしの許婚になったふりをしていただけなんだな」

「うん。だからもう帰る」

薫が言っても、祥太郎は気にもせずに話を続ける。

「仙次郎はね、わたしを疑っていたんだよ」

仕方なく、薫は足を止めた。

「あの羽織、たまたまわたしが酔っぱらってどこかに置き忘れてきたのを仙次郎が見つけてね。しかもその夜、押し込み強盗があって、羽織が落ちていたのは現場の近く。あいつは単純だから、わたしが一味に違いないと思い込んだ。で、わたしを庇《かば》おうと羽織を持ち帰ったんだね」

真夜中の裏庭で、仙次郎はそれを伝えようとしていたのだ。祥太郎の頭には押し込み強盗のことなどなかったために、まったく伝わらなかったのだが。

「仙次郎、あんたのことを嫌いだと言っていたのにね」

「なぜ知っているの」

「夜中にあんたたちが裏庭で話しているのを聞いた」

「ああ、あれか」

「本当は好きなのに、褒められすぎるあんたに比べて自分は一段も二段も劣るのが悔しくて、気持ちがこじれて嫌いになった——と、いうところだね」

「そういうことだったようだ」

「そして嫁いじめは、あんたとお珠さんが近づきすぎたことへの嫉妬」

祥太郎は何も言わない。眉を動かしもしない。あくまでも、お珠へ抱いている気持ちがどんなものであるのかを、決して覚られぬようにし続ける。

「ま、どうでもいいや」

薫も深追いはしない。

「とにかく、仙次郎が押し込み強盗となんの関わりもなくてよかったね」

「うん」

「可愛い弟と、これからは仲よくしなよ?」

「これからもきっと、可愛くはないよ」

苦笑する祥太郎を置き去りに、薫は、さっさと歩き出す。

薫は帰ったと、祥太郎がお志満に伝えてくれるだろう。結城屋とは、これでさよならだ。

十

薫も芽衣も結城屋でのことを忘れかけたころ。お珠が薫を訪ねてきた。

「はじめまして、内藤芽衣と申します」

芽衣は、いつになく素っ気ない態度でお珠に挨拶をするのだが、お珠はまったく気にしない。にこやかに応え、芽衣が勧めた湯呑み茶碗を取る。そして言った。

「あたし、実家に帰ることになりました」

「じゃあ、仙次郎とは離縁するの？」

さすがに愛想を尽かしたのか。と思ったのだが、お珠は首を振る。

「いいえ、仙次郎さんと一緒に帰るんです」

「それでいいの？」

薫は、含みを持たせて訊ねた。祥太郎のことだと通じているだろうに、お珠は微笑むだけ。

祥太郎とおなじだ。ふたりの間にある想いがどんなものであるのかを、言葉にも表情にも決して匂わせようともしない。

「やり直してみようと思います、いろいろと。あたしは仙次郎さんの妻。あたしたちは夫婦です。ふたりで幸せにならなければ」

「それでいいんだね」

お珠は深く頷く。ならば、薫は踏み込まない。

その後は当たり障りのない話をし、

「そろそろお暇しますね」

湯呑みを置いて、お珠は立ち上がった。去り際、上がり口で草履に足を置くと、薫を振り向く。

「祥太郎さんが寂しがっていますよ、薫さんがいなくなってしまったから」

「まさか」

薫は切り捨てるのだが、

「祥太郎さん、気持ちを読み取りにくいひとですけど、薫さんを気に入っていたのは間違いないわ。あのまま薫さんが結城屋にお嫁にいらして、あたしたち夫婦も結城屋にいて——そうなったら案外、楽しい毎日になったのではないかしらと、あたし、思うのよ」

「もし——もし、ですよ、薫さん」

お珠を見送り、居間に戻ると芽衣は、口ごもりつつ言った。

「もし、仙次郎さんが本当に強盗の一味だったりしたら、お珠さんとは離縁ということになりましたよね。お珠さんはひとりになる。祥太郎さんもひとり。と、なったら——

——」

「どうだろうね」

薫は火鉢のそばに腰を下ろし、飲みかけだった湯呑みを手にする。

「だからといって、ふたりが夫婦になるというのもね」

「……そうですよねえ。でも祥太郎さんがお珠さんを攫《さら》って、駆け落ちとか」

「ないな。祥太郎は、そういう男じゃない」

「では、どうあっても結ばれることのないふたり、なんですね」

芽衣は、ため息をついた。

「祥太郎に本音を言わせてみたかったたな。摑みどころがなくて時々、腹の立つ男だけれど、案外、面白いところがあったよ」

「あら。でしたら、結城屋さんへ遊びにいらしたらいいわ」

芽衣の声に棘《とげ》が混じった。

「行かないよ」

「でも祥太郎さん、薫さんがいなくなって寂しがっているのでしょ」

「あの男が寂しいのは、お珠さんがいなくなるからだよ」

「わかりませんよ、なにしろ、祥太郎さんの本音は今でもわからないのだもの」

芽衣は、ぷっくりと頰をふくらませる。

薫は笑い声を上げた。

「どうでもいいよ。もう終わったことなんだし」

のんきな笑顔を向けられて、芽衣のちいさな嫉妬もおさまる。

「そうですね」

「あ、雨だ」

外から、急に大きな雨音が聞こえ始めた。

「あらいやだ。いつ止むかしら。ひどい雨では八丁堀に帰るのが億劫《おっくう》になってしまう」

「だったら泊まっていけばいい」

「そうしようかしら」

「うん。猫も喜ぶよ」

芽衣に寄り添いに来ていた猫が、めずらしく薫に同意し、にゃあと可愛らしく鳴く。

第四話　薫と芽衣

一

「あ――」

と漏れた小さな呟きを、薫は聞き逃さなかった。

芽衣を八丁堀まで送り届けた帰り、まだ時間も早いし、たまには遠まわりをしてみるか、と足を向けた日本橋の雑踏の中。

薫は、すばやくそちらへ目をやった。相手は慌てて目を伏せ、こそこそ遠ざかってゆく。

「あいつ……」

迷わず後を追いかけた。しかし、すれ違う人の多さに阻まれて追いつけない。それでも走り続けたものの、結局、見失ってしまった。

「薫さん、私の話、聞いていますか」

「うん、聞いている」

薫は答えるのだが、上の空なのは見るからにわかる。

薫の住まいである。

芽衣は居間に散らかった着物や冊子、適当な場所に置かれてそのままになっている鏡台などを片づけていた。薫は、縁にぼんやりと座り、庭をながめている。

「では今、私はなんと言ったでしょう」

「千亀堂《せんかめどう》の饅頭は旨い」

「違います」

「欲しかった紅を藤屋で見つけた」

「違いますよ。ほら、なんにも聞いていない。私は、明日も両国の花火が上がるかしらと言ったんです」

「花火……」

「はい。こちらにお泊まりして、一緒に見られたらいいなあと思って」

毎年、両国の川開きの花火と共に江戸の夏は始まる。それはもう過ぎているのだが、夏の間、毎晩のように大店の旦那衆が大川に舟を出し、涼みながら花火を買って打ち上げさせる。

「心太《ところてん》を買いましょうよ。きなこをかけるの」

「いやだ。あたしは酢醤油しか食べられない」

芽衣の話につき合いながらも、薫は昨日、日本橋で見失ったあの背中を思い出していた。

絶対に、あいつだ。まだ江戸にいたのか。

「薫さん？」

気づくと、芽衣が横に座っている。

「花火、どうしますか」

「花火、見たい。芽衣と一緒に」

芽衣は、にっこりと笑った。

「はい。一緒に見ましょうね」

「でも、明日はだめ。明後日にしよう」

「花火か」

薫は、眠れぬ床の中で呟いた。

芽衣は、まだ陽が高いうちに八丁堀に送り届けた。普段ならまだ早いと文句を言う芽衣だが、明後日の約束のためにいろいろ準備があるのだと言い、今日はおとなしく帰って行った。

まだ母が生きていたころ、薫も花火が大好きだった。今は毎夏、芽衣と花火を見るのを楽しみにしている。

花火は薫に、昔むかしのあれこれをいつも思い起こさせる。懐かしく笑えるものも、辛すぎて歯を食いしばらなくては涙がこぼれてしまいそうなものも。

二

自分の後ろを、ぱたぱたと可愛らしい足音をたてていてくる誰かがいることに、薫は気がつき眉をひそめた。

今から五年前、十歳だった夏のことだ。

薫は、日本橋から南へ真っすぐ続く大通りを歩いていた。十歳の小さな薫も、ひとりでも平気で動く子だった。

薫は、そっと後ろを振り向いた。

薫と同じくらいの女の子がいる。やはり薫について来ている。

「芽衣は、おうちへ帰るところなのです」

女の子は言った。

薫としては、ただ気になるから振り向いただけのことで、関わるつもりなどまったくなかったのだ。しかし女の子は、薫が構ってくれるものと思い込んだらしい。

「おうちへ、帰るところなのですけれど」

繰り返し言い、口をきゅっと結ぶ。

身なりを見るに、武家の子のようだ。こんな小さな武家のお嬢さんが、こんなところをひとりで歩いているのはなぜだろう。興味が湧かないわけではない。

「おうちというのは、どこ」

薫は、ついつい訊ねてしまった。

「八丁堀の組屋敷です」

「八丁堀のお嬢さん？」

「内藤芽衣と申します。父上の名は、内藤文太郎。八丁堀の同心です」

「ふうん。知らない」

「あのう」

「何」

「ここは、どこですか」

「真っすぐあちら へ行くと、日本橋に出る」

薫は、北のほうを指で示した。

「芽衣は橋を渡ったのです」

「八丁堀から来たのなら、新場橋《しんばばし》を渡ったのじゃないかな」

すぐそこの楓川《かえでがわ》に架かる橋だ。川のこちら側は町人地だが、向こうに渡ると武家地が多い。奉行所で働く役人たちの住まいのある、八丁堀の組屋敷も、その中にある。

「帰りたいの？」

女の子——内藤芽衣は、こっくりと頷いた。

「迷子なの？」

この問いには頷かない。それどころか、

「迷子ではありません。ちょっとお散歩に出てみただけです。そうしたら、知らない場所に来てしまったのです」

「それを迷子というんだよ」

薫は呆れた。

「八丁堀は、あっち」

楓川のあるほうを指で示す。

「この道を真っすぐ行けば新場橋に出るから。橋を渡ればわかるでしょ」

そのまま歩き出す。ところが、後ろを足音がついて来る。

無視して歩き続けた。それでも足音は、どこまでもついて来る。

しばらく我慢してみたが、結局、薫は立ち止まりまた振り向いた。

「なんなの」

芽衣も立ち止まっている。

「あなたは、どこへ行かれるの？」

「家に帰る」

「おうちは、どちらなのですか」

「あんたに関係ないでしょう。八丁堀はあっち。早く帰りなよ」

「でも、せっかくお出かけしてきたのですもの。おうちがどこかはわかったし、もう少し歩いてみたいです」

「ふうん。じゃあ、ひとりで歩きなよ」

「せっかく、あなたと仲よくなれたのですもの、もう少し一緒にいたいです」

仲よくなど、なった覚えはないのだが。

「お名前は、なんとおっしゃるの？」

芽衣は無邪気に訊ねてくる。答えず、薫は歩き出した。もちろん、芽衣はついて来る。

「帰りなよ」

薫が言うのは聞こえていない顔で、いつの間にか芽衣は隣に並んで歩いている。

「あ、ねえあれはなんのお店ですか。お外で何か召し上がっていらっしゃる」

「饅頭でしょ」

「お饅頭。お外でお饅頭」

芽衣は、目を丸くして驚いた。

別に珍しくもない光景だ。菓子屋の外に縁台が置かれ、饅頭を買った客が座って食べているだけ。それでも芽衣には驚くべきものであるらしい。

あれは何、あれは、あれは――と、その後も訊ねられ、うんざりしてきた。

「ねえ、もう帰ったほうがいいよ」

薫が言うと、芽衣は、しゅんと悲しげな顔になった。

「まだ帰りたくないです。もう少し一緒にいたい」

「このままうろうろしていたら、遅くなるよ」

「でも寂しいです。せっかくお友だちになれたのに」

友だちになど、なった覚えはないのだが。

芽衣があまりにも無邪気で、不本意ながらも薫はだんだん、ほだされてきた。

「じゃあ、あたしが送るから。八丁堀までは一緒にいられるから、それでいいでしょ」

先に立ち、楓川へと向かう。芽衣も急いで薫の隣に並ぶ。

ふたりは、のんびりと歩いた。新場橋を渡ると芽衣には馴染みの町になったようで、案内するのにまかせて進む。

「ここです」

芽衣が立ち止まり、門を示すと、薫はほっとした。

「じゃあね」

「待って」

立ち去ろうとする薫を、芽衣が呼び止める。

「お名前はなんとおっしゃるの」

「どうでもいいでしょ」

「そんなことありません、御礼に伺わなくては」

「いらないよ」

「でも、送っていただいて嬉しかったの。お名前くらいは知りたいの」

「――薫」

なぜ、答えてしまったのか。

「薫さん」

その名を口にする芽衣がとても嬉しげなのを見て、なぜ可愛いと思ってしまったのか。

今でもわからないのだが、薫はその後、余計なことまで伝えてしまった。

「新右衛門町《しんえもんちょう》の表通りにある、祝屋《いわいや》の薫」

森野屋に引き取られる前、薫は母親とふたり、日本橋南にある新右衛門町で暮らしていた。

祝屋という万屋を、母の志保《しほ》が構えていた。志保が好きなものだけを集めた店で、きれいな模様の千代紙の横に流行の色の紅があり、その隣には噂の店の饅頭を仕入れてきて置いてあるといった具合の、まさによろずを集めた店である。

「おっ母ちゃん、ただいま」

薫が店に入っていくと、志保は客の相手をしているところだった。

「薫ちゃん、お帰り」

「お千加《ちか》おばちゃんだ」

「おばちゃんと呼ぶなといつも言っているだろ」

と薫を睨むお千加は、馴染みの客だ。志保の、若いころからの友だちで、近所で汁粉屋をやっている。今日は簪《かんざし》を見に来たようだ。

「だって、おっ母ちゃんと同い年だもん」

「確かにあたしは、二十五の独り者ですよ。でもねえ」

怒り始めたお千加に、薫は、にっと笑ってみせた。

「でも、所帯持ちとはまた違った色があって、いい女だよね」

「おや。わかっているじゃないの、たった十《とお》のくせに、さすが志保ちゃんの娘、わかっているねえ、薫ちゃん」

「まあね。で、おばちゃん、その簪、買うの？　その頭に挿すの？」

「おばちゃんと呼ぶなと何度、言ったらわかるの、この子は。あたしのを見に来たわけじゃないよ。姪っこが嫁に行くのよ。何かいい贈り物はないかなと思ってさ」

「ふうん」

簪にも花嫁にも興味のない薫は、姪っこについて何かもっと話したそうだったお千加を残し、さっさと店の奥へ引っ込んだ。そのまま二階へ上がろうとしたのだが、

「薫、あんた、どこに行っていたの。帰りが遅かったじゃないの」

志保に咎められ、答えた。

「八丁堀」

「なんでそんなところへ」

「迷子を拾って、送り届けた」

「八丁堀の子？」

「そう。女の子」

「珍しいね、薫ちゃんがそんな世話を焼くなんて」

お千加が笑った。

薫は、何も言わずに階段に足をかける。店では、すぐに商いの続きと雑談が始まった。

「薫ちゃん、あんたによく似てきたよねえ」

「そうかしら」

「あれは将来、相当な美人になる」

「美人より、もっと愛想のいい子になってほしいよ、あたしは」

「確かに、そこのところはあんたにまったく似ていない」

　お千加が大笑いするのを聞きながら、薫は階段をのぼって行った。

　二階で、ごろんと横になり、芽衣というあの奇妙な子を思い返した。

　お千加の言うとおりだ。通っている寺子屋でも他の子に馴染まず、いつもひとりでいるような薫なのに、芽衣とはたくさん話をしたし、ついつい八丁堀まで送るなどということまでしてしまった。

　なぜなのかと不思議で、とても気にはなるのだが、もう会うこともないだろう。八丁堀同心の子などとは、なんの縁もないのだから。忘れてしまおう。

「おーい、薫ちゃん」

　階下からお千加の声が聞こえてくる。

「帰るけど、また来るよ。今日はどこかのお大尽《だいじん》が、すごい花火を上げるんだってさ。一緒に見に行こうよ」

　夏は、大川で上がる花火を見に、三人でよく夜の外出をする。薫はまだ小さいから、行って、花火をひとつ見て何か食べさせてもらって帰るだけなのだが、行き帰りの道すがらのおしゃべりは楽しい。

「うん、待っているよ」

答えつつも、薫はまた芽衣を思い出し、あの子も花火を好きだろうか、などと考えていた。

三

その夜の花火は楽しかった。

三人で早めに家を出、両国へ向かった。両国橋の上の一番いい場所を陣取り、大川を渡ってくる風を受けながら花火が上がるのを待つ。

「まだかな、おっ母ちゃん」

「もうすぐだよ。――ほら」

橙色の大きな花が空に咲き、薫は歓声を上げる。橋の上の人々も、わっと沸き、大川に浮かぶ舟からも「たまやー!」の声が飛ぶ。

一発、二発と花火は上がり、五発を越えても終わらない。花火一発を上げさせるのには一両からかかるというが、今日の花火は一両では済まなそうなほど大きなものばかりだ。よほどのお大尽が遊びに来ているのだろう。

花火が終わると、西瓜を買ってもらって食べた。団子も欲しいとねだったのだが、腹を壊してはいけないからと聞き入れてもらえなかった。

「じゃあ、次の花火のときは団子ね」

「はいはい、わかったよ」

薫が眠くなってしまう前にと、三人、手をつないで帰る。

「楽しかったねえ、きれいだったね」

珍しく饒舌な薫の両手を、女二人は笑いながら大きく振った。

花火があまりに楽しくて、一晩眠ると薫は、芽衣のことなどすっかり忘れてしまっていた。

ところが、しばらく経ったある日、家を出て表通りを歩いていた薫に大きな声で呼びかける者がいた。

「薫さん、薫さん」

振り向くと——芽衣なのである。

「よかった、すぐに会えました。祝屋さんでしたよね、お店まで行かなくても会えてしまいました」

「あんた——何しに来たの」

「御礼のために」

「今日もひとりなの？」

「はい」

「武家のお嬢さんが、なぜひとりで出歩くの」

「ないしょで出てきたからですよ」

悪びれもせず、芽衣は言った。

「送る」

薫は芽衣の手を取った。しかし、芽衣はそれを振り払う。

「だめです。芽衣は御礼にうかがったのです」

「もう伝わったよ。わざわざありがとう。はい、帰って」

「だめですよ。ご両親にお会いして、これをお渡ししなければ」

芽衣は、手にした風呂敷包みをうやうやしく掲げてみせた。

「ご両親、なんていないよ」

「え、おひとりなのですか」

「違う。けど、おっ母ちゃんしかいない」

「まあ……」

芽衣は、大きな目をさらに大きく見開いている。大袈裟な同情が来るのか——と身構えたのだが、芽衣はさらりと言うのだった。

「では、おっ母ちゃんさまにお会いしとうございます」


「薫、その子は何」

志保が眉をひそめた。

「お邪魔いたします。北町奉行所定町廻り同心、内藤文太郎の娘、芽衣と申します」

芽衣が、深々と頭を下げる。

「はい、こんにちは。えーと……」

志保は、困り顔を薫に向ける。

「先日の迷子」

「ああ」

どう追い払おうとしても、芽衣は頷いてくれなかったのだ。仕方なく、家に連れて来た。

「薫さんのおかげで、無事、八丁堀のおうちに帰ることができました。しかも、こっそり出かけたこと、家の者には誰にも知られずに済んだのですよ」

志保が、また眉をひそめた。

「お嬢さん」

厳しく芽衣を見据える。

「いけませんよ、こんなにもお小さくて可愛らしい武家のお嬢さんがお屋敷の方に黙ってひとりで出かけたりなどしては」

「ですが、八丁堀の外はどんなふうなのかしらと気になって仕方ないのですもの」

「それは良いこと。好奇心を持つのはとても大事ですよ。でもね、子どもはひとりで出歩いたりしてはだめ。危険です」

「でも」

「薫」

「何」

「送って差し上げなさい」

「お待ちください。御礼の菓子をお持ちしましたの。これをお渡ししなくては」

芽衣は、大事に抱えていた風呂敷包みを志保にささげた。

「かりんとうです。ご存じでしょうか、辰巳屋《たつみや》さんという深川のお菓子屋さんの」

「あら、あたしの好物」

志保は興味を示し、芽衣から風呂敷包みを受け取った。

「それはよかったです」

「でもまさか、ひとりで辰巳屋さんに行ってきたの？」

「いいえ、おうちにあったので」

「勝手に持って来たの？」

「大丈夫、なくなっているのが見つかっても、楽しみにしていた兄上が泣くだけですから」

「兄上は、おいくつ」

「十六です。父上の後を継ぐべく、同心見習いとして町奉行所に出仕しております」

「それはご立派な兄上ですね。では、もうお菓子などで泣くわけがないでしょう。これは、あたしがありがたくいただきます」

「はい、よかったです」

「いただきましたから、もうお帰りなさい。お屋敷の皆さんを心配させてはいけません。――薫」

志保は薫に顎を向け、さっさと送って行けと命令する。

「あたし、角斎《かくさい》さんのとこへ行こうと思っていたのに」

近所の裏長屋に住む貧乏絵師である。

「あんな、しみったれたおやじとは仲よくしなくていいんだよ。お嬢さんのほうが大事」

「わかったよ」

しぶしぶ、薫は店の外に出た。芽衣も、おとなしくついて来る。

表通りを歩き出すと、芽衣はきょろきょろと辺りを見まわし、はしゃぎ始めた。

「薫さん、棒手振りさんがいますよ。あの桶の中には何が入っているのでしょう。お魚かしら。初めて見ます」

薫は無視して進む。

「薫さん、角斎さんてどなたですか」

「絵師。絵師のおっちゃん」

「絵師。浮世絵ですか。絵師の方なんて、お会いしたことがありません。芽衣もご一緒できないかしら」

「あんたは家に帰るの」

勝手にどこかへ行かないよう、芽衣の手首を握り、自分のそばへと引っ張った。

そのまま八丁堀へ向かう。芽衣はずっとおしゃべりを続けていたが、すべて無視した。

「はい、着いた」

背を押し、内藤家の門の中へと芽衣を放り込む。

「もう二度と、勝手に出かけたりしてはだめだよ」

「はい、では今度は家の者に伝えてから薫さんに会いに行きます」

「もう来なくていいから」

うんざりしながらそう言うと、芽衣は涙を堪《こら》えるようにくちびるを尖らせた。

「いやです」

「来なくていい」

そんな言い合いをしていると、家の中から誰かが走り出してきた。

「芽衣」

「あら兄上」

出てきたのは、芽衣の兄である。かりんとうを、おっ母ちゃんに横取りされた人だ。

「おまえ、こんなところで何をしている。どこへ消えたのだと、母上と女中たちが大騒ぎをしているよ」

「お友だちの薫さんが訪ねてきてくださったの。だから、ここでおしゃべりをしていただけですよ」

芽衣は、しれっと嘘をついた。薫も、それには口を挟まない。

「新右衛門町にある祝屋さんの、薫さん」

芽衣は笑顔で、兄に薫を紹介した。

「こちらは兄上です」

薫にも兄を紹介してくれる。

「芽衣の兄の、内藤三四郎だ」

三四郎は生真面目に頭を下げ、薫は、こくりと頷いてみせる。その後、会話は続かない。

「帰る」

唐突に言い捨て、薫は兄妹に背を向けた。

「おい待ちなさい、帰るのならば送って行こう」

三四郎の呼びかけには、応えなかった。

「芽衣、あれは誰だ」

薫が去ったのち、三四郎が芽衣に訊ねた。芽衣は自慢げに、

「ですから新右衛門町の祝屋さんの、薫さんですよ」

「祝屋……知らんな。いつ、どこで知り合ったのだ？」

「芽衣を助けてくださったんです」

「いつ、どこで？」

芽衣は、ふふふと笑うだけで答えない。

「送らなくてもよかったのかな」

三四郎はそわそわと、薫が去っていった先を見る。

「いいんです。薫さんは大丈夫」

芽衣は微笑み、踊るような足どりで奥へと走って行った。

薫が家に戻ると店に客はひとりもおらず、志保は、奥の六畳間でくつろいでいた。

「おかえり。ちゃんと芽衣ちゃんを送り届けて来たかい？」

「うん。あの子の兄さんに会った」

「ああ、かりんとうを食べ損ねることになる兄さん」

「まだ気づいていないみたいだけどね」

母娘は目を合わせ、含み笑いを交わす。

「おいで薫。髪を結い直してあげる」

志保が櫛や鏡など髪結いの道具を用意し、薫を自分の前に座らせた。

ずっと伸ばしている薫の髪は、やっと結い上げられるほどの長さになってきたところだ。

母の手は、やさしく薫の髪に触れる。

「お千加おばちゃんが、あたしがおっ母ちゃんに似てきたと言ってたね」

「おばちゃんと呼ぶのは、やめてあげなさい」

「おばちゃんと呼ぶと怒るのが面白いんだよ」

「せっかく、美人になると褒めてくれたのに」

「そういうのはどうでもいい。あたしは、おっ母ちゃんに似ていると言われるだけで嬉しい」

薫は、母に髪を結ってもらうのが大好きだった。今日は結い直すだけだが、ふだんは髪を洗うところから始まり、長い間そばにいて、ずっと触れ合っていられる。

志保は、薫にとって自慢の母親なのだ。

粋で気風《きっぷ》がよくて、とにかく人目を引く美人。祝屋に置かれている品も、趣味のいいものばかりだと評判で、噂を聞きつけた大店のお内儀が遠くからやって来たりもする。

愛想がないと志保が嘆く薫だが、こうして母と触れ合っているときには饒舌になるし、表情もやわらかい。

しかし、やがて志保が、

「薫」

やや硬い声で言うと、嫌な予感がして薫の顔は曇った。

「何」

「明日、お父っちゃんが来る」

薫は、しばらく黙っていた。そして、そ知らぬ顔で唸る。

「ふうん」

「明日、店は休み。あんたも出かけちゃいけないよ」

「あたし、明日こそ角斎さんとこに行くんだ」

「あんな、胡散臭いおやじと仲よくするなと言っただろう」

母娘の会話はそこで途切れた。髪結いが終わると薫は、ぷいと立ち上がり、二階への階段を駆け上がっていった。

四

その翌日。

薫はそっと家を抜け出し、表通りを行き交う人々に紛れていた。行き先は、角斎の住む裏長屋だ。しばらくは無心で歩いていたのだが、やがてふと、自分の後ろをついて来る小さな足音に気がついた。

またか、と、うんざりした。知らん顔で行ってしまおうかとも考えたのだが、放っておくわけにはいかない。薫は、くるりと振り向いた。

そこにはやはり、のんきな笑顔の芽衣がいた。

「なぜいるの」

「薫さんに会いに来たら、どこかへお出かけのようでしたので」

「帰りなよ。また家の人が心配しているよ」

芽衣はただ、にっこりと微笑む。帰る気はないらしい。

やはり無視をしようと決め、薫は足を踏み出す。それでも後ろが気になって、ちらちら振り向きながら歩いた。そのたび、芽衣はにっこりと笑った。

角斎の住まいは、おなじ新右衛門町の裏長屋だ。薫は慣れた足どりで木戸をくぐり、奥へと進み、目の前が厠《かわや》という住まいの戸を叩いた。

「おっちゃん、遊びに来たよ」

中から返事はないのだが、気にせず障子を大きく開ける。

「……薫か」

角斎は、畳に散らばった紙の中で寝ていた。のっそりと半身を起こし、こちらを見る。

「勝手に入って来んなと言ってるだろ」

「声はかけた」

「俺は、入っていいとは言ってねぇ。取り込み中だったらどうすんだ」

「取り込み中って何」

「子どもは知らねえあれこれだよ」

「ふうん」

薫は、勝手に土間から上がり込む。

一間きりの狭い住まいである。そこに、角斎の仕事道具が散らかっている。

浮世絵師と名乗ってはいるものの、まともな仕事をしている姿を、薫は見たことがない。常に何か、下絵らしきものを描き散らしてはいるのだが、それが形になったことがない。

しみったれたおやじ、胡散臭いおやじ、と志保はまるで自分よりずっと年上であるかのように言うのだが、実は同い年である。しかし甲斐性なしのせいで女房に逃げられ、しみったれた毎日を送っているせいですっかり老けこみ、実際、志保より年上に見える。

「遊びに来た」

「子どもと遊ぶ趣味はねぇ」

帰れ帰れ、と角斎は手をひらひらと振る。しかし、

「おっ母ちゃんの絵を見せて」

薫が言うと、ちらりとこちらに目を向けた。

「おまえ、あの絵が本当に好きなんだな」

「うん。あれはすごくいい絵だよ」

「そうかそうか」

いそいそと起き出た。そして、女の子がもうひとり、土間に立っているのに気がついた。

「おい薫、あれはなんだ？」

「こんにちは、内藤芽衣と申します」

芽衣が、自分で挨拶をした。

「薫さんの友だちです」

「……おまえ、武家のお嬢さんと友だちなのか？」

薫は首を振る。

「違うよ。勝手について来たんだよ」

うんざりしながら薫が言っても、芽衣は気にせず角斎に笑いかけ、

「あの、芽衣もお邪魔してお仕事を見せていただいてもよろしいでしょうか」

好奇心たっぷりの目を見せた。

「見ても面白れぇことなぞねぇぞ」

「そのようなことはありません、浮世絵がどんなふうに出来上がるのかすら知らないのですもの、何を見ても面白いです」

「ふうん……、まあいい、上がってこいや」

角斎が許すので、芽衣は元気に土間から上がり、薫の隣に立った。

「薫さん、芽衣はとても楽しいです」

愛らしい笑顔を薫に向けると、腰を下ろす。角斎の周りに散らばった紙を手に取り、

「これは何が描いてあるのですか」

「鼠だな」

「鼠……でも着物を着ています」

「お伽噺《とぎばなし》の鼠なんだよ。——おい薫、聞いてくれよ。草双紙の仕事をもらったんだよ、すげぇだろう、俺」

「ふうん」

草双紙は、たくさんの絵と平仮名でつづられた、手ごろな値段の物語本だ。お伽噺だというから、角斎がもらった仕事は子ども向けの読みものだろう。絵師は、絵を描くだけでなく物語の文を作ったりもする。

「鼠が嫁に行く話なんだよ。玉の輿の嫁入り先をさがして親子があちこち歩きまわるんだが、最後に結局、幼なじみの鼠とくっついちまう。それが俺としてはなんかこう、面白くなくってよ。途中で殺しに巻き込まれた鼠親子が町奉行と知り合って、お奉行と娘が惹かれ合って最後は結ばれるって話にしたいんだが、版元が頷かねぇ」

「お奉行も鼠なの？」

「人だよ」

「人と鼠……」

「すげぇ玉の輿だろう？」

「面白くない」

薫は切り捨て、

「面白いです」

芽衣は目を輝かせた。

「人と鼠が結ばれるなんて。ちょっと思いつきませんよ。きっと可愛らしい鼠ちゃんなのでしょうね。何がお奉行さまの御心を動かしたのでしょう。気になります」

「お嬢ちゃん、わかってるね」

角斎は身を乗り出した。

「だが肝心の麒麟堂《きりんどう》の親父がなあ、まったくわかってねぇんだよ。俺のせっかくの思いつきにあれこれ文句ばかり言いやがって」

仕事をくれた地本問屋《じほんとんや》の主の悪口を、口汚く続ける。

「どうでもいいから、おっ母ちゃんの絵を見せて」

しびれを切らし、薫は言った。芽衣は、すぐに鼠のことを忘れたようで、さらに目を輝かせた。

「おっ母ちゃんさまの絵を、角斎さまがお描きになったのですか？　芽衣も見たいです」

「よしよし、ちょいと待て」

角斎は上機嫌で、部屋の隅に立てた屏風の陰から葛籠箱《つづらばこ》を持って来た。

「ほらよ」

開けると中には、数枚の絵が入っている。版画ではなく、直《じか》に描かれたものだ。粋な縞の着物に前垂れ姿の若くて美しい女が、湯呑み茶碗を掲げ、微笑んでいる。

「薫さんのおっ母ちゃんさまですね。このお姿は、もしや……」

「うん。おっ母ちゃんは、神田明神の水茶屋の看板娘だった」

「てぇした人気だったぞ。茶の代金も、志保が持っていくだけで倍にもその倍にも跳ね上がる。茶屋娘の見立番付でも、残念ながら大関とまではいかなかったが、関脇に格付けされたこともある」

「まあ、すごい。でもわかります。おきれいですし、気風もよいし。女子《おなご》から見ても憧れずにはいられない方ですよね」

芽衣は隣にいる薫の横顔を見、微笑んだ。薫が芽衣を見返すことはなかったが、大好きな母を褒められて、ついつい頬が緩むのを自覚してはいた。

「これは、角斎さまがお描きになったものですか？」

芽衣の問いに、角斎は自慢げに頷いた。

「もちろんよ。志保はな、誰に頼まれても自分を描くことを許しはしなかったんだ。その志保をただひとり描くことが出来たのがこの俺、歌川角斎さまよ」

「勝手に描いただけのくせに。おっ母ちゃんは今も怒っているし」

「うるせぇな」

「歌川って名字も勝手に名乗っているだけなんだよ。本当の名前は嘉助《きすけ》といって在所はどこだっけ、北のほう」

「うるせぇ、陸奥《むつ》だよ、仙台だ」

「伊達のお殿さまのお国ですね」

気づけば芽衣は角斎ともすっかり馴染み、楽しげに志保の絵をながめている。

きれいだ、素晴らしい絵だと褒められて、角斎はすっかりご機嫌だ。茶だ菓子だと芽衣をもてなし、またいつでもおいで、などと誘っている。

「今日で最後だ、芽衣はもう来ない」

薫が言っても、ふたりとも聞いてもいない。

なんだかんだと楽しい時間を過ごした末に、そういえば芽衣はまた黙って屋敷を出てきたのに違いない、と薫は思い出した。

「帰るよ、芽衣」

薫は立ち上がった。

「おい、これから俺が芽衣ちゃんに絵の手ほどきを始めようというところなんだぞ。おまえは本当に勝手なやつだな」

「芽衣を早く送らなきゃ。きっとまた屋敷で心配されている」

芽衣の手を引き、立ち上がらせた。文句を言われるかと思ったのだが、芽衣はおとなしく薫にしたがう。

「お邪魔をいたしました。大変、楽しく過ごさせていただきました」

土間に降り、角斎に丁寧に頭を下げる。

「おう。また来いよ」

「はい」

「もう二度と来ないよ」

芽衣の手を握って引っぱり、薫は角斎の住まいを出た。

手をつないだまま八丁堀へと歩いた。

芽衣は相変わらず、あちらを見、こちらを見ては楽しげにおしゃべりをしている。つないだ手の温かみが、なんだかじんじんと心に馴染んでくるようで、薫は妙な心地のよさを感じ、だからこその居心地の悪さを感じてもいた。

芽衣を送り届け、新右衛門町に戻る。そうっと入っていった家の中は、しんと静まり返っていた。

お父っちゃんはまだいるのだろうか。

「薫かい」

二階から志保の声が降ってきた。

「――うん」

「おかえり」

「うん」

「どこへ行っていたの」

「角斎さんのところ」

「あのおやじと仲よくするなと何度、言ったらわかるの」

「……だって、おっ母ちゃんの絵を見たい」

志保が階段を降りてきた。

「ばかだねえ、おまえ」

微笑み、身をかがめて薫に目を合わせる。

「夕餉の支度をしようかね」

台所へ向かう志保に、薫もついて行った。

ふたりで支度をし、のんびりと食べたあとで志保が言った。

「お父っちゃん、薫がいなくてがっかりしていたよ」

薫は「ふうん」と答えた。

志保は湯呑みを取り、口許へ持っていくものの、そこで手を止めぼんやりしている。

お父っちゃんが来たあとの志保は、いつもこんな様子だ。寂しいのだ。

お父っちゃんが来ると聞くと、薫は今日のように、つい逃げてしまう。ふだん一緒に暮らしていないお父っちゃんが来ても、どうふるまっていいのやらわからない。

おっ母ちゃんは、お父っちゃんの囲われ者だ。

おっ母ちゃんはお父っちゃんを大好きである。来てくれれば嬉しいけれど、帰ってしまうと寂しくてぼんやりしてしまうくらいに。

この祝屋は、お父っちゃんが持たせてくれた店だ。そのおかげで、母娘ふたり、のんきに生きていられる。

「さ、片づけをしようかね」

志保は立ち上がる。湯呑みの中の茶は、結局、飲まれないまま冷めてしまった。

こんな具合に、芽衣は薫の毎日に入り込んできた。

いつ現れるかわからないと、ついつい意識し、外に出ると背後を気にしてしまう。実際、やって来ると芽衣ののんきなおしゃべりや元気な行動に巻き込まれ、つきあって動いた末に八丁堀まで送る羽目になる。

「おっちゃん、来たよ」

ある日、薫は、ひとりで角斎を訪ねた。

「薫か。ひとりか？　芽衣ちゃんはどうした」

「今日は来なかった」

来るかな、と後ろを気にしつつ今日もここまで来たのだが、芽衣は現れなかったのだ。

「そうか、なんだおまえ、寂しそうだな」

角斎が、にやにやと笑っている。

「まさか。芽衣がいなくて、せいせいしてるよ」

「そうかそうか。まあいいや、上がれ」

「例の仕事はどうなった？」

「仕方ねえから麒麟堂の親父の言うとおりに描いて納めたよ」

「それがいいよ。人と鼠が結婚するとか、わけがわからない」

「芽衣ちゃんは、いいと言ってくれたのになあ。あの子は本当に可愛い」

「ふわふわしてるね」

「描きてぇな」

「勝手に描くなよ？」

そんな話をし、また志保の絵を見せてもらった。

「ねえ、他にはないの？」

角斎の描いた志保の絵は全部で五枚。それを何度も見てきた。

「勝手を言うな」

「もっとたくさんあればいいのに。若いころのおっ母ちゃん、もっと見たい」

「他に、なあ。実はもう一枚あったんだが、失くしちまったんだよ」

「いつ、どこで」

「それが、わかんねぇんだよな。酔ったときに売ったかなあ」

「そんないいかげんだから、おっ母ちゃんに嫌われるんだよ」

「悪かったな」

「ま、いいや。もう帰る」

薫は立ち上がる。

「おい、来たばかりじゃねぇか」

「今日は花火を見に行くから、早く帰らないと」

「まだ昼前だぞ。そんなにいそいそ帰るのなら、なんで来たんだ？　ああそうか、おまえ、家から出たらまた芽衣ちゃんに会えるかもしれないと思ったんじゃねえのか？」

「違う」

角斎を睨みつけてから家に戻った。

ところが、しんとしている。客がいなくても驚きはしないが、店の開いている時間に志保が店先にいないことはない。

薫は、首をかしげながら奥へ進んだ。

「おっ母ちゃん、どこ」

六畳間を見渡しても、いない。と、そこへお千加が駆け込んできた。

「ああ薫ちゃん、いた。よかった」

「おばちゃん、どうしたの」

いつものように呼んでも、お千加は怒りもしない。

「志保ちゃんがね、志保ちゃんが――」

絶句したかと思うと、大粒の涙をこぼす。

「どうしよう、志保ちゃんが連れて行かれちまったんだよ」

五

おろおろするだけで役に立たないお千加を叱咤しながら、薫は番屋へ走った。

詰めていたのは、書役《かきやく》ひとりだけだった。町に雇われて事務仕事をする者で、ここの書役は初老の男だ。

薫は、取り乱したままのお千加をなだめつつ、くわしい話をさせた。

「あたしが祝屋を訪ねたとき、ちょうど志保ちゃんが連れて行かれるところだったんです」

「誰に連れられて行ったんだ」

書役は、やさしくお千加に訊ねた。

「男たち。堅気には見えなかったよ。大きいのが三人」

「無理やり連れて行かれたのか？」

「というより、志保ちゃんと話をしていて揉めて、志保ちゃんもわかった上でついて行っているような様子だった」

「それなら何か知り合いと話があって出かけただけなんじゃあねぇのか？」

「そう、なのかねえ……」

お千加は急に気弱になる。

「でも、見たことのない男たちだったし、怖そうなのばかりだったし」

「待っていれば戻るかもしれねぇな。まずは待ってみろ。戻らなかったら、またおいで」

と、書役は薫に言った。薫は、こくりと頷く。

祝屋に戻りながら、お千加はずっと、

「あたしの早とちりだったんだろうか、あの男たちは志保ちゃんの知り合いだったのかな」

などと、ぶつぶつ呟き続けている。

「おっ母ちゃんの知り合いに、そんな怖そうな男たちはいないよ」

薫が言うと、お千加は、ふとくちびるを歪めた。

「なに言ってんの。子どものあんたが知らないことなんて、いくらでもあるんだよ」

一緒にいようか、とお千加は言ったが、薫は帰ってくれていいと首を振った。

一階の六畳間に座り、母の帰りを待つ。

店は閉めており、客は誰もやって来ない。昼過ぎだったのが、やがて陽が傾き夕刻も過ぎ、薄闇がただよう夏の宵がやって来た。

母は、それでも戻らない。

薫は膝を抱えた。今夜は花火を見に行くはずだったのに。

『お父っちゃんが花火を上げるんだよ』

だから、見に行くのだ。志保と薫がお父っちゃんに会えるわけではない。お父っちゃんはお大尽さまなので、大川に浮かべた舟に乗って楽しく夏の夜を過ごす。しかし、今夜の花火はおっ母ちゃんのために上げると言っていたのだそうだ。

お父っちゃんに会わなくて済むのなら、薫も花火を楽しみに出来た。

今夜は一緒に花火を見に行くはずだったのに。薫と志保、母と娘のふたりだけ。なのに、志保は戻らない。薫ひとりでは花火を見に行かれない。

ひと晩待った。それでも志保は帰らなかった。

朝になると、薫は立ち上がった。

座っていた六畳間を、ぐるりと見渡す。ここは店から見える場所のため、志保は母娘の生活が見えるようなものを置きたがらない。茶簞笥と行灯、あとは火鉢があるくらいだ。六畳間を抜けた先は台所。どこも、おかしくはない。薫が出かけたときのまま。二階へ上がると、六畳と八畳の二間がある。押し入れまで開けてみたが、どちらも変わった様子はなかった。

下の六畳間に降りる。もう一度ぐるりと見渡す。

ふと、一点で薫の目が留まった。じいっとそこを見つめたあと、視線を動かす。また別の一点で目が留まる。

何度も中を見渡した。そして、出かけようと土間に降りる。これまで待っても母は戻らなかったのだから、番屋へまた行こうと思ったのだ。ところが、

「薫ちゃんはいますか」

店先の、閉じた障子の向こうから呼ばわる声がした。そういえば雨戸を立てるのも忘れて夜を過ごしてしまっていた。

薫は、障子を細く開けた。慎重に外を見ると、見知った女が立っている。

「何」

「迎えに来たんですよ。志保さんがいなくなったと聞きました。お父さまが心配してお

られます」

「行かない。ここで待つ」

「いいえ、そういうわけにはいかないでしょ」

女は強引に障子を開いた。

この女は、お父っちゃんの店の奉公人だ。時折、祝屋を訪ねてくる。お父っちゃんの言葉を伝えに来たり、薫の好きそうな食べものを持ってきたりするのだ。

「ひとりでこんなところにいて、どうするの。さ、行きますよ」

女は薫の腕を掴んだ。踏ん張って残ろうとしたのだが、さすがに、十歳の子どもよりも大人の女の力のほうが強かった。ずるずると外に引き出され、結局、薫は連れて行かれてしまったのだった。

六

そして今、薫はお父っちゃんの家の離れにひとり、ぽつんと座っている。

迎えに来た女は、薫をここに押し込めるとすぐにいなくなった。時間になれば食事は運ばれてくるし、他に何か用事があれば母屋に言いに行けばいいという。

薫は、しばらく座ったままでいた。

離れは、何もない建物だった。普段、使われていないらしい。薫がいる間には何もない。簞笥も、火鉢も、行灯すら置かれていない。人の気配も温かみもない。

薫は濡れ縁に出た。小さな庭に面しているのだが、伸びすぎた雑草で埋め尽くされ、夏らしく荒れている。

縁に座っていたが、薫はいてもたってもいられなくなり、庭を抜けて母屋に出る。するとその先も母屋の庭で、あちらの縁に、大人の女と女の子が座っていた。

子どもはすぐ薫に気づいたのだが、大人のほうは気づかない。

「いいですか、百代。そんなわけで離れにあの子が来ているのだけれど、おまえは気にしてはいけません。いないものと思いなさい」

子どもは、百代という名であるらしい。姿だけなら薫と同じくらいに見えるのだが、表情がとてもあどけない。年下かもしれない。

一緒にいるのは、おそらく母親だろう。百代は、そこに薫がいるとは言わず神妙に頷いた。

「そしてね、おまえも気をつけなければいけないの。あの子の母親が連れ去られたのは、お父さまに脅しをかけるため。あの子をここに連れて来たのは、あの子も母親とおなじめにあうかもしれないから。ということは、あたしたちも危ない」

「でもおっ母さん、あたしは外には出かけません」

「そうね。それでいいのよ」

「はい、わかりました。で、おっ母さん、そこにあの子がいるのだけれど、いないふりをしたほうがいいの？」

百代は、真っすぐ薫に指をさす。母親が、大きく目を見開いた。

「おやまあ……」

驚き、絶句しているが、特に慌てるわけではない。しばらくすると声を掛けてきた。

「こんにちは、薫さん——でしたね？」

「うん」

「あたしはここのお内儀の美弥、この子は娘の百代です。どうかしら、離れは快適ですか」

「あたしのこと、無視するのではなかったの？」

「そうですよ。だってあなたがここにいるとわかったら、志保さんを連れ去った賊がここにも押し込んできて、あなたもあたしたちも危なくなるかもしれない。でもね、こうして顔を合わせたら無視などしませんよ」

母親は、のんびりと言った。

「わかった」

薫は頷く。

「知りたかったことも、ちょっとわかった。ありがとう」

礼を言うと、ふたりに背を向ける。そのまま店の外へ出る路地へ向かう。

母娘は、薫を呼び止めはしなかった。


お父っちゃんの店のあるここは、蔵前片町《くらまえかたまち》である。祝屋のある新右衛門町まで歩いたら、半刻以上かかるだろうか。来るときは駕籠だったから、よくわからない。

それでも薫は大通りを歩き始めた。家に戻るつもりだった。

おっ母ちゃんは知り合いと一緒にどこかへ行ったのではなく、やはり、賊と呼ばれるような輩《やから》に連れ去られたのだ。

おっ母ちゃんを助け出さなければいけない。それには、まず家に戻らねばならない。

薫は一心不乱に歩き続けた。

小半刻近くも掛かってしまったが無事、新右衛門町に帰り着き、薫は家の中に入った。

店を抜け、六畳間に上がる。

まずは火鉢の位置を確かめる。火鉢の下の畳の跡と、今ある場所が合っていない。火鉢はここに置きっぱなしで、動かしたことはないのである。

薫は、うんと頷き茶簞笥に向かう。下に抽斗が二段、上は金網を張った引き戸になっている。引き戸の中には、湯呑み茶碗や食べものがしまわれているのだが、それらも少しずつ置き場所がずれている。

次は一番下の抽斗だ。これも気になっていた。わずかに収まりきっていないのだ。ここは滅多に開けられることがなく、実は、何が入っているのか薫は知らない。

開けてみると、中には紙が一枚あるだけだった。絵である。一尺四方ほどの絵。描かれているのは志保だ。

「角斎さまの絵、ですね」

ふいに背中越しに声が聞こえ、薫はさすがに驚いた。

自分以外誰もいないはずの家に他人がいたのだ。驚くのは当然なのだが、それが芽衣の声だったものだから同時に心配が湧いてくる。

「何をしているの、あんたは」

芽衣は、にっこりと微笑んだ。

「薫さんに会いに来ました」

「どうして……」

「この件、父上のところにまで届いているのですよ、森野屋さんから」

「だからといって、どうして芽衣がここに来るの」

「薫さんがひとりぼっちになっているからです」

芽衣の目に、真剣な光が宿った。

「薫さんが寂しくなったり悲しくなったり、つらくなったりしていてはいけませんからね」

「別に、そんなことはなかったよ」

「あら、そうですか」

「お父っちゃんの家に連れて行ってもらったからね」

芽衣は、事情を知っているのかいないのか、ただゆっくりと頷いた。

「それより、この絵だ」

薫は、角斎の絵をじっと見た。

「こんなものが家にあるなんて知らなかった」

「色はつけられていないのですね」

墨絵なのだが、主に線で描かれており、ぼかしはほぼ使われていない。

「なんだか寂しそうですね、このおっ母ちゃんさま」

絵の中の志保は、柳の下に置かれた縁台に座っている。体を少しひねり、揺れる柳の枝を見上げている姿だ。顔は半分しか見えていない。

「おっちゃんが、おっ母ちゃんの絵はもう一枚あると言っていた。でも失くしてしまった、と。おっちゃん自身、いつどこで失くしたのかわかっていないそうだ。これが、それなのかな」

「おっ母ちゃんさまが持っていらしたというわけですね。なぜ……」

薫は、絵を持ったまま立ち上がった。

「訊きに行く」

「はい。そうしましょう」

芽衣も立ち上がった。

「いや、あたしはひとりで行くよ。芽衣は帰りなさい」

「いやです。一緒に行きます」

帰れ、の気持ちを込めて怖い顔をしてみせたのだが、芽衣はまったく動じない。

仕方なく、薫はさっさと家を出る。表通りを歩き出すと、もちろん芽衣はついて来ている。すぐに追いつき、薫の横に並んだ。

「薫さんのお父さまのこと、聞きましたよ」

芽衣は言う。

「薫さん、札差の森野屋さんのお嬢さんだったのですね」

「違う。あたしは妾の子」

「それでも、森野屋のご主人のお嬢さんだということに変わりはありません」

芽衣は真っすぐ前を向きながら、厳しく言った。

「おっ母ちゃんさまだけでなく薫さんも、危ないめにあうかもしれない。気をつけなくてはいけません。ひとりで動いたりしてはだめ」

「だからといって一緒にいるのが芽衣では、あたしひとりと変わらなくない？」

「違いますよ。私がいれば、薫さんはひとりではないのです」

芽衣の言うその理屈は正直、よくわからない。あとは黙ったまま、角斎の住む長屋へ向かった。

「おっちゃん、いる？」

腰高障子を叩いて呼びかけるが、返事はない。

「おっちゃん、開けるよ」

一応、断ってから障子を開く。中は、しんとしていた。角斎は留守のようだ。

「いらっしゃいませんね」

首を伸ばしてのぞき込み、芽衣は呟く。

「帰る」

薫は、すぐに障子を閉めた。

「行くよ、芽衣」

芽衣の手を握り、長屋を後にする。表通りに出るとすぐ、

「薫ちゃん」

と名前を呼ばれた。振り向くと、お千加である。人の間を縫いながら走ってくる。

「さっき訪ねてみたら留守だったから、心配してたのよ」

薫に駆け寄ると、手をつないで隣に立つ芽衣に目を留めた。

「誰だい、この子」

「内藤芽衣と申します」

芽衣は、丁寧に頭を下げた。

「薫さんの友だちです」

「いや違うし、この子のことはどうでもいい」

た。

つながれたままのふたりの手を、ちらりと見たが、お千加はそれ以上なにも訊かなかった。

「志保ちゃんはまだ戻っていないんだよね？」

「ない」

「じゃあ、また番屋へ行く？」

「行かない。あたし今、お父っちゃんの家にいるの。そっちでいろいろしてくれているみたいだから、あたしは何もしない」

「え、お父っちゃんの家……。ということは森野屋にいるの？」

「うん。しばらく向こうで世話になる」

薫は、お千加をじっと見た。お千加は戸惑っているようだ。

「ああ、そう、そうか、それが一番いいかもしれないね」

「おばちゃんに訊きたいことがある」

「え、何」

お千加は、眉をひそめて身構えた。

「茶簞笥の抽斗に、角斎おっちゃんの描いたおっ母ちゃんの絵がしまってあった」

「でも……」

「……角斎の絵？」

厳しい顔のまま、お千加は首をかしげる。

「その絵はたぶん、おっちゃんが失くしたと思っているものだ。なぜ、おっ母ちゃんが持っているんだろう」

「そんな絵、あたしは見せてもらったことはないけど。角斎に訊いてみたらどうだい」

「今、行ってみたら留守だった」

「そうか」

お千加は、何やら考え込んだ。そして、言いよどみながら切り出す。

「こんなところで立ったまま話すようなことじゃないんだけど……」

渋るお千加を、薫はうながす。

「立ち話でいい、聞きたい」

「実はね、角斎と志保ちゃんには昔ちょっとそのう、いろいろとあったんだよ」

「昔って茶屋娘のころ？」

「そう。あたしも同じ茶屋で働いていたから知っているんだけど――」

「おばちゃんも茶屋娘だったの？」

「知らなかったのかい」

「生まれたときからの汁粉屋の人だと思ってた」

「あたしにだっていろいろあったんだよ」

「ふうん。で、おっ母ちゃんと角斎おっちゃんの〝いろいろ〟は大人の色恋みたいなこと？」

「色恋とまではいかない話だよ。志保ちゃんが旦那さまと出会う前のことだし。なんだろうな、もしかしたら昔の恋のかたみみたいにその絵を持っているのかも、と思ったの。まあ、あんたたちみたいな子どもに話すことではないんだけどさ」

苦笑いしたあと、お千加は、ふと真顔になった。

「まさか、角斎が昔の想いをこじらせて志保ちゃんを連れ去った、なんてことはないよね」

「おっ母ちゃんを連れて行ったのは、おばちゃんの知らない男たちだったんでしょ」

「角斎が雇ったのかもしれない」

そう言うお千加の顔を、薫はじっと見つめた。しばらく、そのまま見ていた。

「え、なんだい、薫ちゃん」

身を引くお千加をそこに残し、

「帰る。またね、おばちゃん」

薫は、芽衣の手を引っぱり歩きだした。芽衣は肩越しにお千加へと会釈し、おとなしくついて行く。


芽衣を八丁堀に送り届け、薫は森野屋の離れに戻った。

おかえりを言ってくれる人はいないが、腹が減ったと思うころには母屋からちゃんと夕餉が運ばれて来た。誰も薫に関心を払いはしないが、忘れられているわけでもない。

こういった扱いにとまどってしまう。

早くおっ母ちゃんをさがし出し、自分の家に帰りたい。

その晩はおとなしく眠り、次の朝、運ばれて来た朝餉をたいらげると、薫は離れを出た。誰にも会わずに路地を抜け、大通りに出たところで、あっと声を上げて立ち止まる。

「おはようございます、薫さん」

芽衣がいたのである。

「また来たの」

「来ましたよ」

笑う芽衣の隣には、兄の三四郎もいた。

「今日は兄上に連れてきていただきました。ひとりで勝手に来たのではないですよ」

芽衣は自慢げだ。

「芽衣が、どうしてもと言って聞かないんだ。出かけるところのようだけど薫さん、今は外に出ないほうがいい。芽衣をお邪魔させて悪いが、森野屋で一日過ごしなさい」

「はい、そうします、兄上」

芽衣が勝手に返事をした。三四郎は頷き、これから奉行所に出仕なのだと慌てて去る。

薫は、三四郎の姿がなくなるまで待った。充分に待つと、大通りを歩き出す。芽衣は黙ってついて来た。

「どちらへ行かれますか」

「おっちゃんのところ」

「角斎さん、戻っていらしたでしょうか」

「どうだろうね」

ふたりとも、三四郎の言いつけを守る気などまったくなかった。

新右衛門町へ向かうと、芽衣にとっては来た道をまた戻るようになってしまう。しかも、子どもの足では半刻ほどもかかってしまうのに、文句も言わずについて来た。

「いませんね」

角斎の住まいの戸を叩いてみたが、やはり応えはなかった。中をのぞいても誰もいない。

「まさか、お千加さんがおっしゃっていたようなことは――」

心配げに言う芽衣には答えず、薫は長屋を出る。

「森野屋さんに戻りましょうか。兄上が迎えに来てくださることになっていますから、どのみち戻らなくてはいけません」

今日は他にどうしようもないなと思い、薫が頷こうとしたときだ。

「――お嬢ちゃん」

いつの間にか背後に忍び寄っていた誰かが、薫の耳に囁いた。

薫は立ち止まり、芽衣も合わせる。

「おっ母ちゃんに会いたいだろう」

背後にいるのは男がふたり。どちらも体の大きなならず者だ。

薫は、ちらりと芽衣を見た。芽衣と一緒にいたのは軽率だった。

「――帰りな」

芽衣に囁く。しかし、男たちはそれを聞きとり、

「八丁堀のお嬢さんだってねえ」

芽衣に、下卑た笑いを向ける。芽衣の素性も知れているようだ。

「帰すわけにはいかねえなあ」

凄みを利かせ、男は言った。

七

連れて行かれたのは、おそらく大川の近くの一軒家だ。

大きな男たちが女の子ふたりを連れているのが異様に見えぬよう、ぴたりと後ろについてはいるものの知らん顔をした男たちに小声で指示されながら歩かされた。

薫は、江戸の道をすべては知らない。途中、見かける番屋の戸に書かれた町の名を確かめようとするものの、男たちが巧みに隠すので、やがて自分がどこにいるのかわからなくなってしまった。最後に大きな川を渡った。おそらく大川の近くなのではないか。

その家には二階があり、男たちは追い立てるように脅しながら階段を昇らせた。

上には二間。背を押され、通りに面してはいない奥の間に押しやられる。

そこに、志保がいた。

「おっ母ちゃん」

叫ぶ薫を、驚きの目で志保は見返す。

「あんたも捕まっちまったのか」

「……うん」

「しかも、芽衣ちゃんまで道連れにして」

「いいえ、私が勝手に薫さんに会いに来たからなのです。薫さんは何も悪くありません」

熱心に訴える芽衣のことは、志保もやさしく見つめる。

「ごめんなさいね、芽衣ちゃん」

「おい、何をごちゃごちゃ言っている」

男のひとりが怒鳴った。

「母娘一緒にしてやったんだ。おとなしくしていろ。必ず俺たちのうちの誰かが家の中にいる。逃げだせるなどと思うなよ」

怒鳴り散らすと、ひとりは階下へ降りてゆき、もうひとりは二階の別の部屋に残った。

志保が立って行き、襖をぴしゃりと閉めると、

「ふん」

外に向け、荒々しく鼻を鳴らした。

「あいつら、なんなの」

「森野屋の客に雇われたちんぴらだよ」

武士が米で支給される禄を、代わりに金に換えてやるのが札差の仕事。それだけでなく、懐具合が厳しくなったときには次に支給される米を担保に前借りまでさせてやる。しかし、その前借りが重なり返すあてがなくなる者もおり、そうなると札差はもう金を貸さない。すると相手は、やくざ者を雇って札差を襲わせ、強引に金を貸させようとすることもある。

「そういう話は私も聞いておりましたが」

芽衣が怒りの声を上げた。

「武士の風上にも置けないとは、このことです。武士は食わねど高楊枝。誇りを失った者は武士を名乗る資格などない」

「あたしもそう思うわ、芽衣ちゃん」

薫と芽衣の前に、志保は座った。

「どこの誰だか知らないけれど、森野屋に借りた金を返せない上にもっと金を借りたいとわがままを言う武士が、森野屋を脅すためにあたしを攫ったの。おとなしくついて行かないと薫にも手出しすると言われたものだから、どうしようもなくて」

「それなのに、あたしも捕まっちゃった。——ごめん」

「仕方ないね。どうせ、あたしを捜そうとしていたんだろう」

「うん。でも、芽衣まで巻き込んでしまった」

薫は神妙にうつむいた。しかし芽衣は元気だ。

「私が薫さんと一緒にいるのは、兄上も父上もご存じです。薫さんがいなくなったと知れれば私も一緒だとすぐにわかってくださいます」

「でも薫はひとりで家にいるのでしょう。すぐには誰も気づいてくれないかもしれない」

「あたし、森野屋の離れにいるの。誰かが時分ごとに食事を運んでくるから、いなくなればわかってもらえる」

「森野屋にいるの？」

「お父っちゃんが呼んでくれた」

「そうか」

志保は頷いた。そして、安堵と恋慕の混じったきれいな笑みを、ふわりと浮かべる。

お父っちゃんが薫を気にかけてくれたことが嬉しいのだろう。

「では、誰かが薫と芽衣ちゃんまで巻き込まれたと気づいて動いてくれるまで、あたしたちはここで待つしかないね」

「あいつらが、あたしにまで手を伸ばしてきたのはなぜだろう」

「あたしを人質にしただけでは森野屋が領かなかったからでしょう」

それは、お父っちゃんがおっ母ちゃんを大事に思っていないからなのか——と訊きたかったが、答えを聞くのは嫌で、薫は黙り込んだ。


「あんたも少し眠りなさい」

真夜中になり、芽衣はすやすやと眠っている。

「いい。おっ母ちゃんと一緒に起きてる」

「仕方のない子だね。それにしても、芽衣ちゃんも肝の据わったお嬢さんだねえ。こんなときに、よくもまあぐっすりと眠れること」

「うん」

「なぜだかよくわからないけど、あんたのことを随分と好いてくれているようだね」

「わけがわからないよね」

「でも、いい子。あたしは好きよ」

「——うん」

芽衣は布団の中だ。薫と志保は、その枕辺に並んで座っている。

「花火、見るはずだったのにね」

志保が呟く。

「家に帰ったら、見に行けばいい」

薫は答えた。

「でも、お父っちゃんの花火はもう上がらないかもしれないよ」

「誰が上げる花火でもいい。おっ母ちゃんとふたりだけで見られれば」

薫は、志保に身を寄せた。

「うん。そうしようかね」

志保は薫を抱き寄せる。おっ母ちゃんのぬくもりを、薫は存分に味わった。

おっ母ちゃんが見つかってよかった。そう思っているうちに、いつの間にか薫は眠ってしまっていたようだ。

「薫、起きなさい」
そうっと体を揺すられ、薫は目覚めた。まぶたを開くと、すぐ前に志保の顔があり、
薫の目覚めを確認したあと周囲の様子を用心深く確かめている。

「……朝？」

「まだ真夜中ですよ」

芽衣が答える。寝ぼけた様子はまったくなく、緊張してこちらを見ていた。薫も、頭の中から無理やり眠気を吹き飛ばした。

「今、隣の部屋に誰もいない」

志保はささやく。

「あんたたちは、この隙に逃げなさい。向こうの部屋から屋根に出て、雨どいを伝えば降りられると思う。あんたたちならまだ小さいから出来る」

「おっ母ちゃんは？」

「あたしは、あんたたちが確実に誰かを呼んできてくれるのを待つ」

「いやだ一緒にいる。芽衣の兄上が気づいてくれて、すぐに来るよ。今、動くほうが危険だ」

「ひとりで離れにいる薫がいなくなったことに、森野屋の連中が気づくまでにまず時間がかかる。それから八丁堀に話がいって、お役人が動いて、ここに来るまでにどれほどの時間がかかると思っているの。逃げられるなら逃げたほうがいい」

「だったらおっ母ちゃんも一緒に行こう」

「だめ。あたしじゃ体が重くて、下に降りる前に大きな音を立てて気づかれてしまう」

「でもおっ母ちゃん、離れるのは嫌だよ」

「あたしはここで待っているから。大丈夫だから、芽衣ちゃんの兄上を呼んできて」

「父上も呼んできます。兄上より、父上のほうが頼りになるんです」

「うん。頼むね、芽衣ちゃん」

「はい」

「薫のことも、お願いね」

「はい。もちろんです」

大きく頷き、芽衣は薫の手を握った。

「……おっ母ちゃん」

「おっ母ちゃんさまのおっしゃる通りです。行きましょう」

珍しくためらいを見せる薫の手を芽衣が引き、立ち上がらせた。そのまま強引に隣の部屋へ連れていく。本当に、そこには誰もいなかった。

「見張りは、私たちが寝ているからと見くびって階下に降りていきました」

「芽衣はそれを見ていたの？」

「はい。私はもう充分に休みましたから。寝たふりをして様子をうかがっていたんです」

さすが八丁堀の子。芽衣は侮ってはいけない娘のようだ。薫も気持ちを入れ替えた。まずは着物の裾を端折《はしょ》り、動きやすい姿になってから窓のそばに立つ。雨戸を、なんとかして音をたてずに開けなければならない。

「あたしたちが出られるくらいでいいよね」

ふたりとも、体は小さい。わずかな隙間があれば出られる。

薫が慎重に、ちょうどいいだけの隙間を作った。途中、ギッと音がして、ふたりは固まる。そのまま階下の様子をうかがい続けたが、下からはなんの気配も伝わってこなかった。

「行こう」

芽衣を出す。外は屋根の上だが、手すりがあるからまずは安全だ。

自分も隙間を抜けるとき、薫は後ろを振り向いた。隣の部屋への襖は開けたままだから、志保の姿が見えている。志保は、座ったままこちらを真っすぐ見つめていた。

目を合わせ、志保が頷く。薫が頷き返す。

薫は、するりと屋根に出た。手すりのすぐそばに雨どいがある。また芽衣を先に手すりから出す。芽衣は慎重に動き、雨水受けの部分を摑みながら足を降ろしていった。

声を掛けて励ましてやりたいが、それは出来ない。しかし、芽衣は気丈にやり遂げた。

芽衣が地に降りたのを見届け、薫も後に続く。

「行こう」

囁き、薫はちらりと二階を見上げた。あたしたちが戻るまで、おっ母ちゃんが無事でありますように――。

そして走り出そうとしたときだ。上から怒号が降ってきた。

「娘たちはどうした。どこへ隠した」

「なんだ、おい」

「女しかいねぇ。娘が消えた。どこから逃げたんだ」

「雨戸が開いているぞ」

薫の足が止まる。

「戻らなきゃ」

芽衣は薫の手を取り、引っ張った。

「だめです。今、戻ったりしたらだめ」

「でも、おっ母ちゃんが」

「おっ母ちゃんさまのために行くんです。兄上を呼んでこなければ」

「でも、ここがどこなのかわからない」

「八丁堀まで遠くはありません。永代橋は渡らず遠回りをしていましたけど、実は永代の辺り——佐賀町《さがちょう》かどこかではないかと思います」

驚いたことに、芽衣はここに連れてこられるまでの道を冷静に観察して来ていたらしい。

「すごいね、芽衣」

目を丸くする薫に、芽衣は、ふふっと笑った。

「ひとりでふらふら歩きまわっては怒られてばかりの八丁堀のお嬢さんを甘く見ないでくださいな」

「それはいいことだと思わないけど、今日だけは見逃す」

改めて、ふたりはしっかり手をつなぎ、八丁堀へと走り出す。しかし、その足がすぐにまた止まった。

行く手から、八丁堀の与力、同心の一団が走って来るのが見えたのだ。

「父上——兄上もいらっしゃる」

芽衣が歓喜の声を上げた。

「薫さん、もう大丈夫ですよ。私たち、助かりましたよ」

薫は芽衣の手を強く握り返す。もう大丈夫、おっ母ちゃんも大丈夫——。

「芽衣じゃないか！」

三四郎が走ってくる。

「薫さんも。ふたりとも無事だったのか」

「でも、おっ母ちゃんがまだ中にいる。おっ母ちゃんを早く助けて」

薫は、囚われていた家を振り向き、指さした。

薫と芽衣は、捕り物が終わるまで近づくことを許されず、家の外でただ待てと命ぜられた。じりじりしながら待つ間も、ふたりは手を握り合ったままでいた。

叫び声や物の壊れる音が辺りに響き、通り沿いの家の者たちも起き出してきた。

やがて静まると、待ちきれずに薫は走る。芽衣とは手をつないだままだ。急ぐ薫に遅れずについて来る。

家の中に飛び込むと、三四郎とぶつかりそうになった。

「今、呼びに行くところだったのに」

「おっ母ちゃんはどこ」

三四郎はなぜか言葉に詰まり、薫を見つめた。

ふっと背中を這った嫌な感じを振り切るように、薫は二階へと走る。もちろん芽衣もついて来る。

「おっ母ちゃん」

呼びながら階段をのぼり、三人が囚われていたあの部屋に飛び込んだ。

おっ母ちゃんは、そこにいた。押し入れの襖を背に座っている。頭が不自然に垂れ、腹の辺りが血まみれだった。こそりとも動かない。

「……おっ母ちゃん」

呼んでみたが返事がないので近寄った。やはり、芽衣と手はつないだままだ。ふたり並んで、おっ母ちゃんの前にひざまずく。

そこでやっと、薫は芽衣の手を放した。そっと、おっ母ちゃんに寄り添う。肩のあたりに頬を寄せた。生臭い血のにおいが鼻をつく。薫の隣に、芽衣はおとなしく座っている。

おっ母ちゃんの手は、いつまで待っても薫を抱きしめてはくれない。

薫の体が震えはじめた。歯を食いしばり、泣くのを堪えている。

芽衣が薫の背に頬を寄せ、両腕を薫の体に巻きつけ抱きしめた。

「大丈夫ですよ、薫さん。芽衣がいます。芽衣がここにいますからね」

「――泣かない。赤子みたいに泣いたりしたら、おっ母ちゃんに笑われる」

「笑いません。笑いませんから、泣いてもいいです」

「あの日は花火を見るはずだったのに」

「花火ですか……芽衣も花火は好きですよ」

「おっ母ちゃんとふたりきりで見に行くはずだったの。もう行けない。もう花火を見られない」

「芽衣がいます。芽衣と一緒に花火を見に行きましょう」

「いやだ。おっ母ちゃんと一緒がいい」

そう言いながらも薫は、芽衣に向き合い抱きついて、静かに泣き始めた。芽衣の目からも涙があふれる。ふたりは、互いを抱きしめ合いながら泣いた。


薫と芽衣が現場となった家を出たことに、誰も気づかなかった。

いつの間にか空は白み、夏の夜が明けようとしている。かすかに吹く風は、ひんやりとして心地よい。ふたりは、手をつないで寄り添い、互いの体が震えるのを支え合っていた。

集まった野次馬の間をすり抜けようとしたとき、薫の目は、その中から見知った顔を見つけ出した。当然、声をかけ近寄って来るものと思ったのに、その人物は、薫と目が合った途端、怯えたように身を縮めて踵を返した。そして逃げ去ってゆくのだ。

「……わかった」

薫が呟いた。

「なんですか、何がわかったのですか」

「うん」

と頷き、薫は、人ごみに紛れて消えてゆく背を睨みつける。

八

それが五年前、薫と芽衣が十歳だった夏の出来事である。

母を亡くした薫は、そのまま森野屋に引き取られ、離れでひとり暮らすようになった。初めは気を遣われ、女中たちがやさしく世話を焼こうとしたのだが、今では森野屋の皆が薫の性格を理解し、ひとりにしてもいいのだと放っておいてくれている。

「にゃあ」

耳のそばを、猫の鳴き声が通り過ぎて行った。

朝である。あくびをしながら、薫は床から起き上がる。

明日は芽衣と一緒に花火を見る。だから今日は、その前にやらなければならないことがたくさんある。


久しぶりに新右衛門町に行き、たくさんの昔馴染みと話をした。

大きくなったねえ、などと言われ続けるのにはうんざりしたが、皆が口をそろえて、

「志保ちゃんそっくりになったね」

と褒めてくれるのは嬉しい。

その後もふたつ三つの場所をまわり、最後に北町奉行所に寄った。


翌朝、薫は早めに起きた。

今日は芽衣が泊まりに来る。ふたりで花火を見る。その前に、すべてを終わらせておかなければ。朝餉はまだ届いていなかったが、特に腹がすいているわけでもないので、そのまま薫は森野屋を出た。

向かった先は、堀留町《ほりどめちょう》にある蕎麦屋。早朝の今は戸が閉じられて、店の中は眠ったよ

うに静かだ。

薫は店の前に立ち、周囲の様子を確かめると、ひとつ頷く。そして乱暴に戸を叩いた。

「御用の筋です。起きて」

まずはなんの反応もない。しかし、呼びつづけていると戸の向こうに人の気配がした。叩くのをやめて待つと、戸が開く。顔を見せたのは、中年の女だ。

「うるさいね。なんなの」

「だから、御用の筋です」

「どこのお嬢さんなの。こんな朝っぱらからいたずらかい」

薫は無言で十手を見せた。怪訝な顔になる女の後ろから、もうひとり、女が出てきた。

「なんだい、あたしも起きちまったよ」

だらしないあくびをしながら出てきた女は、薫の顔を見、仰天する。

「薫ちゃん……」

「御用の筋です」

「いやあの、こないだ逃げたのはそうじゃないんだよ、急だったしあんたがあんまり大きくなっているから」

「おっ母ちゃんそっくりになっているし？」

「そう――そうだよ本当にそっくりになったねえ。あたしの言った通りでしょう」

「自分が陥れて殺した相手にそっくりな娘が現れて動転したんだよね、お千加おばちゃん」

後から出てきた女――お千加は、顔に貼りつけていた不自然な笑いを消した。

「なんなの、あんた。何しにきたの」

「だから、御用の筋ですよ。あたし今、北町の同心の岡っ引きをしてるんだ」

「なんなの。おかしいでしょ、森野屋の子が岡っ引き？　ああ、ちゃんとした子ではなかったね、妾の子。あのまま森野屋に引き取られたんだよね。よかったね、お嬢さん」

お千加は、ふんと鼻を鳴らした。

「それはいいけど、あたしが何をしたって？　陥れた？　志保ちゃんのこと？　ばかをお言いでないよ、あたしは志保ちゃんとは仲よしだったんだから」

「その仲よしを陥れた」

薫は、五年前からお千加を疑っていた。

志保は無理やり連れ去られたのではなく、やって来た男たちと話をし、納得した上でみずからついて行った――お千加は当時、そう話していた。

しかし、家の中の様子を見た薫は、それはおかしいと思ったのだ。茶簞笥や火鉢など、何かがあって動いたものを元の位置に直したような跡があった。抵抗する志保と賊が争ったためではないか。

では、お千加は嘘をついた？

疑いを持ったものの、どうしたらいいものか当時はまったくわからずにいるうち、薫と芽衣も囚われて、あんなことが起き——そしてあの夜、確かに目が合ったのに逃げて行ったのも、お千加だったのだ。

「あのあとすぐ、おばちゃんは江戸を離れたよね。あたし、会いに行ったのに」

汁粉屋は畳まれ、近所の人に訊ねると、お千加は在所に戻ったらしいということだった。しかし、その在所がどこであるのかをお千加は誰にも伝えておらず、結局、行方知れずになってしまった。

昨日、改めて新右衛門町に行き、お千加が戻っていることと、この蕎麦屋に居候していることを聞き出したのだ。

「なんで近所のみんなに会いに行ったりしたんだよ。行かなきゃあたしもおばちゃんを捜し出せたりしなかったのに」

「まさか、あんたが岡っ引きになってるなんて知るわけがなかったもの」

「運が悪かったね、おばちゃん」

「ふん」

お千加はまた、ふてぶてしく鼻を鳴らした。

「あたしの運は、悪くなんかない。お嬢さんの岡っ引きなんぞに負けるものか」

うそぶくと、薫を突き飛ばして外に逃げ出す。

薫はそれを追わなかった。お千加が騒ぐのに隠れ、自分も逃げ出そうとしているもうひとりの女に素早く近寄り、腕を取る。もがくのを押さえ、羽交い絞めにする。

外には、三四郎たちが待ち構えている。

九

「結局、お千加さんはなぜ、おっ母ちゃんさまにあんな酷《ひど》いことをしたのですか」

花火を見た帰り道、芽衣が訊ねる。

「おっ母ちゃんとお千加おばちゃんのことは、あたしも小さかったし、ただ友だちだとしか知らなかったんだけど——」

あののち、捕らえられたお千加が語るところによると、ふたりは同じ水茶屋で働いていたのだという。

『しかも、境遇がよく似ていた。お互い、武家の出でね。でも浪人の子。苦労して生きて、水茶屋になんか流れてきてさ』

だから、仲よくなった。

『でも、あの娘とあたしとは圧倒的に器量が違う。あの娘にはたくさんの客がついた。名のある絵師もない絵師も、こぞって描きたがった。でもあたしは……』

つまらない嫉妬に飲み込まれるな、と自分を諌めてもだめだった。

志保が森野屋の旦那に見初められるより先に、お千加は言い寄って来た男と所帯を持ったのだが、それがろくでなしで、喧嘩三昧の末に出て行った。その後も関わり合うのはケチな男ばかりだったが、その中でもましな男に金を出させ、あの汁粉屋を持ったのだ。

ところが志保が近所にやって来た。

志保の旦那は、札差の主。可愛い娘もおり、好きなものだけを売る店を持たせてもらい、のんびりと生きている。

『憎いと思ったね』

そこへ、あの賊たちに声を掛けられ、乗ってしまったのだった。

『でも薫ちゃん、誓って言うよ、あたしはあんな結末を望んでいたんじゃない。まさか、志保ちゃんが死んでしまうなんて。森野屋の旦那がすぐにあいつらの言うことを聞いて、志保ちゃんを救い出すと思っていたんだ』

それはおそらく本心だろう。しかし、そうはならなかった。

「そういうことだったんですか……」

芽衣は呟く。

ふたりは、まだ花火の余韻の中にあるにぎやかな通りを黙り込んだまま歩いた。

ちなみに角斎は、今も新右衛門町の裏長屋に健在である。五年前、事件のときには仕事仲間に誘われて、相州へ大山詣でに出かけていたのだという。

のちに薫が、志保があの絵を持っていたことを伝えに行くと、

『へえ、驚いたなあ』

『お千加おばちゃんが、おっちゃんとおっ母ちゃんとの間に何かあったように言っていた』

『なんだよ、知らねぇぞ』

へらへらと言うものの、その顔は、どこか寂しげにも見えた。結局、わからないまま

だが、薫はあまり気にしていない。

森野屋が近づいて来るころになり、芽衣が口を開く。

「そういえば蕎麦屋のおかみさんも捕らえられたのですよね。あれはなぜだったのでしょう」

「あの蕎麦屋、抜け荷の一味の巣になっていたんだよ」

堀留町は、その名が表すとおり、日本橋川から流れ込む入り江が止まっている場所である。船で運ばれてくる荷を扱う問屋が多い町で、その陰にかくれてご禁制の品々がこっそり運び込まれていた。

「お千加おばちゃんも、そんなのに関わるようになっていたなんてね」

「おっ母ちゃんさまは、何もご存じないままだったのですよね」

「うん――そう思う」

「でも、抜け荷の一味とお千加さんが結びついたのはすごいことでしたね」

「たまたまだった。びっくりした」

「こういうことになったのですから、お駄賃はいただけたのですよね」

「もちろんだよ」

薫が岡っ引きになったのは、単純に好きなことだからというのもあるが、金を貯めていつか店を持ちたいという夢もあるからだ。森野屋を出て自立したいのだ。もちろん、その店には祝屋と名づける。志保がやっていたような、好きなものだけを商う店がいい。

とはいえ、三四郎がくれるお駄賃だけでは、夢が叶うのはいつになることやら。

「でもね薫さん。今朝はどうして私を置いていったのですか。兄上も父上も、こっそり出かけていらしたのですよ。許せない。私は薫さんの下っ引きなのに」

芽衣が、ぷんぷん怒り出した。

その理由は、さっさと動かないとお千加に逃げられそうで、いちいち芽衣を伴っている余裕がなかったからだ。しかし答えるのは面倒なので、放っておく。

芽衣はすぐ、明るく輝く星がひとつ、夜空にあるのに気がついて、話を変えた。

「薫さん、あの星はなんでしょう」

「知らないよ」

「きれいですねえ」

「きれいだね」

ふたりは寄り添い、のんびりと歩いて行く。

本書は書き下ろしです。

著者略歴　1967年生，作家　共立女子大学文芸学部卒　著書『ゆめ結び むすめ髪結い夢暦』『迷い子の櫛 むすめ髪結い夢暦』『夢に会えたら むすめ髪結い夢暦』他多数

HM=Hayakawa Mystery
SF=Science Fiction
JA=Japanese Author
NV=Novel
NF=Nonfiction
FT=Fantasy

寄《よ》り添《そ》い花火《はなび》
薫と芽衣の事件帖

〈JA1436〉

二〇二〇年六月 十 日　印刷
二〇二〇年六月十五日　発行
（定価はカバーに表示してあります）

著　者　倉《くら》本《もと》由《ゆ》布《う》
発行者　早川　浩
印刷者　矢部真太郎
発行所　株式会社　早川書房
郵便番号　一〇一 - 〇〇四六
東京都千代田区神田多町二ノ二
電話　〇三 - 三二五二 - 三一一一
振替　〇〇一六〇 - 三 - 四七七九九
https://www.hayakawa-online.co.jp
乱丁・落丁本は小社制作部宛お送り下さい。
送料小社負担にてお取りかえいたします。

印刷・三松堂株式会社　製本・株式会社フォーネット社

ISBN978-4-15-031436-1 C0193

本書は活字が大きく読みやすい〈トールサイズ〉です。